Patrick Little
Im Weißdornbaum

Landesschulamt Berlin
1. Schulpraktisches Seminar
im Bezirk Hellersdorf (L)
Havelländer Ring 32
12629 Berlin
Tel. 9 98 91 46 / Fax: 9 98 91 47

D1749410

Der Autor:

Patrick Little wuchs in einem Dorf in Surrey, England, auf. Sieben Jahre studierte er in Oxford Musik und spezialisierte sich auf die Musik des späten Mittelalters. Später zog er nach Neuseeland, wo er an der Universität von Otago sein Studium mit einer Doktorarbeit über »Mittelalterliche Theologie, Philosophie und Volksbräuche in Bezug zur Musik dieser Periode« abschloß und heute als Dozent arbeitet. Neben der Musik ist er besonders an mittelalterlicher Geschichte, englischen Volksbräuchen und Science-fiction interessiert.
IM WEIßDORNBAUM war seine erste Erzählung für junge Leser.

Patrick Little

Im Weißdornbaum

Aus dem Englischen
von Michael Walter

anrich: *extra*

Titel der englischen Originalausgabe:
THE HAWTHORNTREE

Ungekürzte Ausgabe
1993 anrich: *extra*
gerold anrich verlag, Kevelaer

© 1981 Patrick Little
THE HAWTHORNTREE erschien erstmals
bei Macmillan Children's Books
jetzt Pan Macmillan Children's Books, London
Alle Rechte der deutschsprachigen Ausgabe:
© 1992 anrich: *extra*, gerold anrich verlag, D-4178 Kevelaer
Titelillustration: Maren Briswalter
Satz: Bercker Graphischer Betrieb, Kevelaer
Druck, Bindung: Ebner Ulm
ISBN 3-928352-28-8

Für Sally

Vorspiel

Er lag bäuchlings im Gras unmittelbar jenseits des Saums der Bäume, das Gesicht hügelan, dem Weißdorn und seinen Feinden zugewandt. Hinter ihm murmelte leise der Bach. Er war seit Sonnenuntergang hier, eine Hand ins Gras gekrallt, rührte er sich trotz der Schmerzen nicht, die ihm der Hammer bereitete, den er mit seinem Körper schirmte. Er hatte das Donnern der silberbeschlagenen Hufe gehört, als sie ausritten, und nun mußte er ihre Rückkehr abwarten.
Die Sommernacht war warm und wolkenlos, und hätte

er gewagt, den Kopf zu drehen, würden ihm die hellen Sterne verraten haben, daß es beinahe Mitternacht sein mußte. Es schien kein Mond: dies war Teil seines sorgfältigen Plans gewesen. Ein leichter Wind frischte auf, zauste die Blätter hinter und über ihm, und er mußte sich zwingen, still zu liegen, nicht den Kopf zu bewegen. In der Hand spürte er das kleine, jetzt vertrocknete Stückchen Brot, auf dessen Schutz er am meisten hoffte, und immer wieder betete er um Vergebung. Er hatte sich von der Meßfeier ein Eckchen der Hostie aufgespart, was, wie er wußte, eine Sünde war; doch sein Geschäft heute nacht erschien ihm wichtiger. Er hoffte, der Priester würde ihm zustimmen oder ihm wenigstens Absolution erteilen, wenn er beichtete. Hinterher.

Entfernt zu seiner Rechten, so wußte er, lag die große Gefahr für ihn und der Gegenstand seines großen Hasses. Old Crookie – krummer Hund – nannten sie ihn manchmal: ein schlichter, fast freundschaftlicher Name für einen unmenschlichen, dämonischen Mörder. Er klammerte seine Hand tiefer ins Gras, als er sich wieder jenes Morgens entsann, an dem sie den zerschlagenen Körper seines Sohnes nach Hause gebracht hatten, noch triefend vom Wasser des Flusses, in den er geschleudert worden war: jener Tag, an dem er zuerst die Kette von Handlungen begonnen hatte, die ihn jetzt hierher geführt hatte.

Anfangs war es ihm schwer gefallen, sich Klarheit darüber zu verschaffen, was er tun konnte, und Wochen, die zu Monaten wurden, hatte er gewartet, geredet und zugehört, bis schließlich der Priester zu ihm gekommen war und ihm gesagt hatte, daß er jetzt seinen Gram begraben müsse und es nicht zulassen dürfe, daß ein sinnloser Haß sein Leben verzehre. Doch inzwischen hatte er Geschichten von anderen Dörfern und Städten gehört, einige davon lagen weit weg – Geschichten darüber wie Die Herrlichen vertrieben worden waren, manchmal zufällig, manchmal mit Absicht; und wie mit ihnen auch all die anderen verschwunden waren: die Kobolde, die Schratte, die Trolle und der ganze Rest. Und sein Entschluß war geboren. Er empfand weder Haß noch Liebe für die Lords des Hügels. Sie hatten ihm nichts zuleide getan; doch sie hatten seinen Sohn nicht gerettet. Nun mußten sie gehen, all ihre Geschöpfe mit sich nehmen und die Welt allein den Söhnen Adams überlassen.

Er wartete, von der Nacht vermummt, das geweihte Brot in der Hand, den Hammer und den gewaltigen Nagel unter sich, bis sie von ihrem Nachttritt zu jenem Hügel zurückkehrten, der ihr Gefängnis und Grab werden würde.
Die Minuten und Stunden rückten vor, da endlich, nachdem er die Hoffnung fast schon aufgegeben hatte, vernahm er das Geräusch, auf das er gewartet hatte: das Trommeln von Pferdehufen im Himmel. Er griff fest ins Gras; man erzählte sich, daß man von ihnen davongetragen werden konnte, wenn man sich nicht an irgend etwas von dieser wirklichen Welt festhielt, und

sei es auch noch so zart. Er schloß die Augen, als die Pferde über ihm dahinstoben, wagte nicht einmal einen flüchtigen Blick auf die Schönheit jener, die er einzukerkern gedachte. Sogar hinter den Augenlidern konnte er das große Licht lodern sehen, als sie durch das Tor des Weißdorns in ihr eigenes Königreich gelangten. Er hörte den letzten, triumphierenden Hornruf, als der Glanz verblaßte und das Dunkel zurückkam.

Er öffnete die Augen. Alles war jetzt still. Sofort sprang er auf, beachtete nicht die schmerzenden, steifgewordenen Muskeln, ergriff Hammer und Nagel und rannte stolpernd den Hügel hoch. Der Baum schwieg und wirkte bedrohlich; aber es gab keinen Angriff, keinen Widerstand, als er die Spitze des Nagels ziemlich weit unten an dem knorrigen Stamm ansetzte und begann, ihn so tief wie möglich einzuschlagen. Bloß der Weißdorn schien zu schaudern und beinahe aufzuschreien, so als sei er ein lebendiges Wesen.
Die Aufgabe war also zu Ende geführt. Konnte er schon von Rechts wegen nicht sagen, daß sein Sohn gerächt war, so würde es jetzt immerhin keine weiteren Opfer dieser angemaßten Herrscher der Welt mehr geben. Er wich von dem Baum zurück. Dann riß er mit einer Wildheit, die ihn selbst erstaunte, die von den Dorfbewohnern als Versöhnungsversuch dort aufgehängten Girlanden herunter, stieß die Schalen mit Milch und Quellwasser um und zerstreute die Speiseopfer. Sie würden nicht länger notwendig sein.
Plötzlich fühlte er sich alt, müde und leer. Das Brot fiel

ihm ein, und er aß es mit einem Gebet. Dann wandte er sich mit dem Hammer in der Hand um und ging in der steigenden Dämmerung nach Hause, und beim Gehen flossen ihm die Tränen über das Gesicht.

I

*Von aller Bäume Art,
Von aller Bäume Art,
Der Weißdorn blüht am hold'sten
Von aller Bäume Art.*

Eins

„Nein, meine Liebe, das stimmt wohl nicht so ganz, oder?" sagte Miss Kinross.
Bob Selden nahm seine Flöte von den Lippen, unterdrückte recht erfolgreich einen gereizten Seufzer und tat sein Bestes, um geduldig und unverbindlich auszusehen. Nein, meine Liebe, ganz recht, nicht so ganz, bemerkte er innerlich, und fing an, das Porträt des Jungen Mozart zu studieren, das an der gegenüberliegenden Wand des Musiksaals hing.
Paß auf, zuerst eine Halbe und dann zwei Viertel, nicht wahr?" sagte sie. „*Dum,* da-da."
Eine leere Note mit einem Stiel, erklärte Bob im Stillen,

nennt man eine Halbe. Und eine Halbe hat zwei Schläge. Eins, zwei, eins zwei: wirklich kinderleicht, mit ein wenig Übung.
„Oh ja, so ist es", sagte Helen und es klang, als wäre sie von dieser Entdeckung überrascht. „Entschuldigung. Können wir den Teil nochmal machen?"
„Wir werden es ohne Robert probieren", sagte Miss Kinross unterwegs zum Klavier, und Helen hielt ihr Cello krampfhaft fest (als ob es ihr durchgehen könnte, dachte Bob. Sie sollte es an die Leine nehmen). „Also, spielen wir den Satz von Anfang an. Fertig? *Eins,* zwei, drei, vier..."
Bob musterte den Jungen Mozart. Er hatte sich schon vor langem für den Großbuchstaben entschieden: „der junge Mozart" traf die im wesentlichen ekelerregende Natur des Bildes irgendwie nicht völlig. Es war eindeutig der Junge Mozart. Ich wette, der hatte das mit den Halben voll drauf, dachte Bob, so wie er da auf seinen Polsterkissen oben hockt. Eingebildeter kleiner Balg. Wäre ich der Erzbischof von Salzburg gewesen (oder wer immer es war), ich hätte ihn auch die Treppen runtergeworfen. Zweimal. Mit diesem hartherzigen Gedanken entließ er das frühreife Kind aus seinen Überlegungen und begann, eine königliche Proklamation abzufassen.

Hört, hört! Merket auf! Kund und zu wissen sei es, daß sintemalen ein gewisser Georg Philipp Telemann eine erstaunlich langweilige Sonate für Flöte, Cello und Spinett ausgesonnen, aufgeschrieben und komponiert hat (ja, das war so eine richtig schöne, sinnlose Tautologie),

besagte obgenannte Sonate am Freitag den siebenten Julius – nein: *am Freitag dem siebenten Tag des nächstfolgenden Julius* (und bis dahin sind's bloß noch drei Wochen, dachte er mit plötzlicher Panik) *ohne Betäubung oder geistlichen Beistand operiert werden wird und zwar von Miss* – (wie hieß sie wohl mit Vornamen? Agatha? – nein, Griselda) *von Miss Griselda „Ich-hab-meine-Nagelschuhe-für-die-Party-angezogen-aber-keiner-hat-mich-zum-Tanzen-aufgefordert" Kinross, Musiklehrerin und außerordentliche Pianistin, sowie Miss Helen Somerset, Schülerin und gescheiterte Cellistin. Die blutigen Überreste werden auf der Flöte von Mr. Robert Selden zur Schau gestellt werden (dem blasierten und selbstgefälligen Flötisten,* fügte er schuldbewußt hinzu). *Zu einem bescheidenen Preis wird ein Toto darauf veranstaltet werden, welcher der Darbietenden* – nein, Wettkämpfer war unter den gegebenen Umständen das passendere Wort – *welcher der Wettkämpfer als erster den Parcours beendet. Im Falle eines toten Rennens wird jedermann baß erstaunt sein. Und fürderhin sei es kund und zu wissen –*
„Robert! Hast du mich verstanden?" Miss Kinross' Stimme klang scharf. Vielleicht war sie ja sensibel genug, um das Ganze auch ein wenig frustrierend zu finden, dachte er großzügig.
„Entschuldigung, Miss Kinross. Ich hab vor mich hingeträumt. Wo fangen wir an?"
„Ab Anfang des Satzes, wenn's recht ist. Also, wenn du dann wirklich glaubst, ganz bei der Sache zu sein... *Eins,* zwei, drei, vier..."

Die Musik schleppte sich unbarmherzig dahin, während Robert seiner Proklamation noch einige Sätze hinzufügte.
Jedermann, der die gesamte Prozedur absitzen kann ohne zu zucken, einen hysterischen Anfall zu erleiden oder anderweitig unschickliches Gebaren an den Tag zu legen, darf, vorausgesetzt er vermag den Beweis zu erbringen, daß er weder ohne musikalisches Gehör noch tot ist, den Direktor um einen kleinen Preis und ein Beglaubigungsschreiben angehen. Gott segne die Königin!
Er bedachte dies für einen Augenblick, ehe er im Geist aus „Königin" „König" machte, weil es besser klang.
Helen verstrickte sich in einer Kette von Achteln, und es entstand eine Pause, in der Miss Kinross den Knoten entwirrte. Diesmal, entschied Bob mit einiger Befriedigung, konnte er sicher sein, daß sich seine persönlichen Gefühle deutlich von dem unterschieden, was er gern als sein künstlerisches Gewissen bezeichnete. Helen Somerset als Person betrachtet war in Ordnung – ausgesprochen in Ordnung sogar. Doch als Cellistin war sie natürlich die reinste Katastrophe. Das bewies wahrscheinlich irgend etwas, obwohl er nicht ganz genau wußte was. Aber es warf eine andere Frage auf: wäre dir eine erstklassige Musikerin lieber, deren Anblick dir unerträglich ist? Das künstlerische Gewissen, wurde er sich reumütig klar, zog hier locker den kürzeren.
Wenn du schon so scharf auf sie bist, sagte er sich nicht zum ersten Mal, warum unternimmst du dann nichts? Gut, gut, werd ich ja. Ich warte bloß auf einen günstigen Moment.

Sie erreichten ohne weiteren größeren Unglücksfall die Schlußkadenz, und Miss Kinross sah endlich nach der Uhr, worauf Bob schon ungefähr die letzte halbe Stunde gehofft hatte.

„Meine Güte. Es ist bereits nach neun. Ich fürchte, wir müssen jetzt Schluß machen. Helen, ich bringe dich in meinem Wagen nach Hause. Wie steht's bei dir, Robert?"

Und wenn ich das in Latein übersetzen müßte, dachte er, dann wäre das eine „Frage, die die Antwort Nein erwartet".

„Nein danke, Miss Kinross." Er war schon dabei, seine Flöte auseinanderzunehmen, um sie in den Kasten zu packen. „Ich hab mein Rad."

„Na gut. Wenn du sicher bist." Natürlich bin ich sicher, dachte er ärgerlich. Wie kann man nicht sicher sein, ob man mit dem Rad hergekommen ist?

An Helen gewandt, fuhr Miss Kinross fort: „Einen Augenblick noch. Ich muß nur eben die Noten raussuchen, die ich über's Wochenende mit nach Hause nehmen möchte, dann bin ich fertig." Sie begann energisch das Papierchaos oben auf dem Klavier zu durchstöbern, und Helen sah Bob ziemlich unschlüssig an.

„Tut mir leid, daß ich nicht so besonders gut bin", sagte sie still. „Du mußt es einigermaßen satt haben."

„Ach, ich weiß nicht." Der Flötenzylinder schien eine ungewöhnlich intensive Reinigung nötig zu haben. „Das würde ich nicht sagen."

„Stimmt aber trotzdem. Die meiste Zeit starrst du auf das Bild da und machst ein miesepetriges Gesicht."

„Ach, der Junge Mozart?" fragte Bob mit einem Grinsen. „Bei dem muß doch jeder miesepetrig werden." Doch er war erschüttert, daß ihm seine Laune so leicht anzumerken war. Er hatte sich für unergründlich gehalten. Pokerface Selden. Soviel dazu.
„Nein, ehrlich, so übel ist es gar nicht", fuhr er fort, und das künstlerische Gewissen biß erneut ins Gras. „Ein bißchen Übung, dann ist es sogar prima. Na, ich kann's ja auch noch nicht richtig. Nimm nur eben mal den Teil, den ich grad vermurkst habe." Und das entsprach der Wahrheit, versicherte er sich, auch wenn der Patzer aus Langeweile und Unachtsamkeit passiert war. Doch was den Rest betraf: wie lange war es her, fragte er sich, daß er so viele Lügen in einem Atemzug von sich gegeben hatte?
„Das nehme ich dir nicht ab, aber trotzdem, danke."
Bob entschied, daß das flüchtige Lächeln die Lügen wert gewesen war – die ihn ja ohnehin nichts gekostet hatten. Ein guter Kauf.
„Es wird eine Katastrophe, nicht wahr?" fragte sie.
Und was sollte man nun auf sowas noch glaubhaft antworten?
„Also eigentlich sollte ich es dir ja nicht erzählen", begann er gewichtig und in vertraulichem Ton, „aber ich habe gehört, daß man ein Team von Seismologen zusammenstellt –"
„Was für ein Team?"
„Erdbebenexperten. Sie gehen in drei Wochen nach Hamburg. Es ist eine große wissenschaftliche Expedition."

„Wozu denn bloß?" fragte Helen verblüfft und ahnungslos.

„Sie werden sich beim Grab des alten Knaben bereithalten", erklärte Bob unschuldig, „und zusehen, ob sie irgendwelche Anzeichen dafür feststellen können, daß er sich darin umdreht."

Helen brach in Gekicher aus, woraus sie ein nicht gerade überzeugendes Husten machte, als Miss Kinross streng aufblickte. Das ist eine ernste Angelegenheit, die Musik, bemerkte Bob im Stillen: und nicht auf die leichte Schulter zu nehmen. Er fragte sich, ob sie seine Bemerkung wohl gehört hatte.

„Hast du dein Cello bald eingepackt, Helen? Ich bin in einer Minute aufbruchsbereit."

„O ja, gleich", sagte Helen, die noch nicht einmal damit begonnen hatte. Bob hielt die Leinenhülle auf, und schweigend bugsierten sie das Cello hinein und lehnten es in der Zimmerecke an seinen Platz. Helen fing mehrmals beinahe wieder zu kichern an, als sie Bobs Blicke auffing.

„Mal im Ernst", sagte sie mit gedämpfter Stimme, als sie sich außer Hörweite der Musiklehrerin befanden, „findest du nicht, wir sollten ein bißchen öfter üben? Ich meine, einmal die Woche ist nicht sehr viel, oder?"

„Na, dann sag's ihr doch. Meinetwegen. Ich bin dabei."

„Nein, sag du's ihr."

„Das wird eine Riesenpleite, wenn ich es versuche", warnte Bob. „Sie ist nicht gut auf mich zu sprechen. Besser, du versuchst es."

„Es wär mir lieber, du tätest es. Ehrlich." Sie sah ihn

mit großen blauen Augen an. Kornblumenblau – was für eine Farbe haben Kornblumen überhaupt? Ich glaube, sie hat Angst vor der alten Krähe, dachte Bob; wundert mich übrigens gar nicht, nö.
„Wie du willst. Aber ich habe dich gewarnt." Und dieser Augenblick war genauso günstig wie jeder andere, beschloß er. Los jetzt, weiter im Text. Mehr als nein sagen kann sie nicht. „Hör mal", sagte er hastig, „mußt du denn –"
„Komm schon. Es wird spät." Miss Kinross klang sogar noch mißbilligender als sonst. Hatte sie zugehört, fragte sich Bob, oder glaubte sie, daß sie über sie gesprochen hatten? Sie trieb sie jetzt wie Schafe zum Musiksaal hinaus und schloß die Tür hinter sich wie eine Gefängniswärterin. „Deine Eltern werden sich wundern, was mir einfällt, dich so lange dazubehalten"
„Miss Kinross." Seine Stimme klang seltsam, viel zu laut in diesem verlassenen, hallenden Korridor.
„Ja, Robert?"
„Also, finden Sie nicht, wir sollten vielleicht noch eine extra Probe ansetzen? Ich meine, ich könnte sie gebrauchen, und wir haben bloß noch drei Wochen."
Ihre Stimme war bissig.
„Ich habe es nicht nötig, mir von dir sagen zu lassen, wie viele Proben wir brauchen, vielen Dank. Das kann ich sehr gut allein entscheiden. Nächsten Freitag zur gleichen Zeit."
Sie schritt unnachsichtig weiter. Hinter ihrem Rücken bedachte Bob Helen mit einem bedauernden Blick und einem Achselzucken. Miss Kinross drehte sich eben

noch rechtzeitig um, um es mitzubekommen. Sie preßte die Lippen zusammen, sagte aber nichts.
In hilflosem Schweigen und vor doppelter Wut kochend, folgte Bob den anderen über den stillen Schulhof. Als sie bei Miss Kinross zerbeultem und uraltem Auto anlangten, gab es ein knappes Hin und Her von Gute Nachts, und dann ging er allein zu den Ständern, wo sein Fahrrad in einsamer Drohung auf das Hinterrad hochgebockt stand. Danke und Gute Nacht. Gute Nacht, Miss Kinross. Gute Nacht, Miss Somerset. Gute Nacht, reizende Damen. Gute Nacht. Gute Nacht.
Mit beträchtlich mehr Kraft, als strenggenommen erforderlich war, zerrte er das Fahrrad herunter und verursachte dabei einigen Radau, was Miss Kinross veranlaßte, sich scharf umzublicken. Ja, ich habe es absichtlich getan, um Sie zu ärgern, gab er ihr im Geist recht, während er das Fahrrad an seine Hüfte lehnte, die Flöte in die Satteltasche packte und die Lederriemchen festzurrte. Er spürte, daß eine weitere Geste nötig war, und zum Hohn der unbeugsamen Schulordnung, schwang er sich in den Sattel und fuhr wortlos an der Musiklehrerin vorbei, während sie auf der Suche nach ihrem Schlüssel die gewohnten Ausgrabungsarbeiten in ihrer Handtasche vornahm. Es war verlockend, aber zu gefährlich, anzuhalten und seine Hilfe anzubieten.

Die elende, alte Hexe hatte es mit Absicht getan, natürlich. Sie würde alles kaputt machen, aus Prinzip. Er hatte den Großteil des Tages damit hingebracht, sich selbst davon zu überzeugen, daß er bei dem Vorschlag, Helen könne doch mit ihm nach Hause gehen, nichts zu verlieren hatte, und dann war im kritischen Augenblick dieses niederträchtige Weib mit ihren beiden Quadratlatschen dazwischen getrampelt und hatte alles plattgewalzt. Das war typisch für sie. Und zudem hatte Helen noch so ausgesehen, als könnte sie einverstanden sein. An der Idee war ja auch überhaupt nichts Unvernünftiges, dachte er und schürte nach besten Kräften seine Wut auf die unglückliche Musiklehrerin (die, nebenbei gesagt, völlig unschuldig und sich der gegen sie erhobenen Anklage in keinster Weise bewußt war). Er und Helen lebten beide im selben Dorf nur etwa eine Meile von der Stadt entfernt; es war ein hübscher Landspaziergang für einen Sommerabend. Obendrein noch lehrreich für ein Mädchen, das eben erst von Leeds oder Manchester oder sonst einer genauso vom Smog heimgesuchten Gegend hierhergezogen war. Es mußte einfach besser sein, als in einem Auto zu sitzen und Miss Kinross spärlicher Konversation und ihrem notorisch haarsträubenden Fahrstil ausgeliefert zu sein. Und sie würde einen Umweg von mindestens ein paar Meilen machen müssen. Alles in allem wäre Bobs abgewürgter Vorschlag für alle Beteiligten eindeutig besser gewesen. In seinem Hinterkopf, so wußte er, machte sich ein schleichendes Gefühl der Erleichterung breit, das Gefühl, noch einmal davongekommen zu sein, und um dies zu ersticken, suchte er nach weiterer Nahrung für seine Empörung. Ihr – erneut Miss Kinross, natürlich –

ihr war es schnuppe, wie die Aufführung ausfiel; solange sie nur auf einer Bühne stehen und idiotisch in ein Publikum grinsen konnte: schauen sie nur, wie lebendig und aufregend die Musik hier ist – Sonaten des achtzehnten Jahrhunderts und so exzellent gespielt (aber bloß von mir, sprudelte Bob in Gedanken, und das ist nicht ihr Verdienst). Seine Phantasie wurde ausschweifender, und er spielte mit der Annahme, daß sie auf einen öffentlichen Eklat hoffte, um Robert Selden bloßzustellen; nun, das war ein Zug, der charakterlich völlig –
Bremsenkreischen und eine Autohupe rissen ihn fast buchstäblich aus seinem Phantasieren und ließen ihn breitbeinig, mit schmerzhaft klopfendem Herzen und weichen Knien über seinem Fahrrad stehen. Er war, ohne es zu merken, ans Ende der High Street gelangt und gerade dabei, über die Hauptstraße nach Brigg zu fahren: oder vielmehr, wurde ihm ganz flau klar, unter die Räder eines Autos, geradewegs in die Ewigkeit.
Es kam noch schlimmer. Der Wagen hatte angehalten, das Beifahrerfenster wurde heruntergekurbelt, und eine wütende Stimme bellte:
„Selden!"
Bob tat einen tiefen und einigermaßen kräftigenden Schnaufer und schob sein Rad zu dem sichtlich erzürnten Fahrer hinüber.
„Sir."
„Hör mal, Selden, verspürst du etwa einen Todestrieb in dir, oder was ist los?"
Es war Mr. Denison, der Englischlehrer von Bobs

Schule und vielleicht der einzige Mensch, auf den Bob weder wie ein Idiot noch unreif wirken wollte. Und beides hatte er offensichtlich getan. Das war mal wieder einer dieser typischen Abende. Ihm fiel keine andere Antwort ein, als ein genuscheltes (und, wie ihm dabei klar wurde, blödes): „Eigentlich nicht, Sir."
„Denn wenn dem so wäre, dann fröne ihm doch bitte woanders. Was fällt dir überhaupt ein? Du hast mich halb zu Tode erschreckt."
„Entschuldigung, Sir."
„Das würde jetzt auch nichts mehr nützen", warf Mr. Denison ein.
„Ich . . . ich war in Gedanken woanders."
„Hm. *Dachtest wohl an den Schiffbruch deines königlichen Bruders.*"
Bob verzeichnete mit einiger Erleichterung die Rückkehr von Mr. Denisons normalem Umgangston. Er merkte, daß die Sache auch den Lehrer etwas mitgenommen hatte. Er griff das Zitat auf und sagte:

„*Ich denke, wir sind in der Rattengasse,
wo die toten Menschen ihre Knochen verloren.*"

Bei jedem anderen seiner Schüler hätte sich Mr. Denison eventuell über das Erkennen eines T. S. Eliot Gedichts und das erwiderte Zitat gewundert. Bei Selden kam dies nicht völlig unerwartet. Er musterte den Jungen eingehend und sagte:
„So schlimm? Sind wir wirklich mitten im Wüsten Land?" Mr. Denison machte sich keine ernstlichen Sorgen, denn er wußte, daß sich echte Niedergeschlagen-

heit in der Regel nicht in allzu eindeutigen literarischen Zitaten äußerte.
„Nein, eigentlich nicht", gab Bob zu. „Entschuldigung, Sir. Ich wollte bloß geistreich sein."
„Na, gut. Findest du es wirklich sehr geistreich, mit geschlossenen Augen durch die Gegend zu fahren?"
„Nein, Sir. Entschuldigung", sagte Bob zum dritten Mal.
„Also schön. Aber paß um Himmels willen ein bißchen besser auf. Ich habe den Wagen eben erst gewaschen – und ich hätte auch nicht die mindeste Lust, es noch einmal tun zu müssen."
Bob war sich nicht sicher, wie er auf diese, mit absolut unbeweglichem Gesicht vorgebrachte Bemerkung reagieren sollte, und deshalb ließ er es ganz bleiben.
„Na dann, bis Montag – vorausgesetzt, du hast weiterhin Glück", beschloß Mr. Denison das Gespräch und drehte zur Weiterfahrt das Fenster hoch.
Bob blickte ihm nach und fragte sich, welchen Eindruck er wohl gemacht hatte. Er gab das sinnlose Unterfangen auf und widmete sich der wahren Ursache seines Beinahe-Unfalls. Sie erschien ihm jetzt mehr als nur ein Hauch absurd, und noch immer an der Straßenkreuzung stehend, brachte er ein mitleidiges Lächeln über sich selbst im Verein mit einer schwachen aber echten Reue über die albernen Motive zuwege, die er Miss Kinross unterstellt hatte.
Es hätte noch weitaus schlimmer kommen können, entschied er. Er war gar nicht so weit gekommen, seine Einladung auszusprechen, und das war immer noch

besser, als sich einen Korb einzuhandeln: um einiges besser sogar. Seine Laune hob sich noch mehr, als er seine früheren, im Geist angeführten Argumente überdachte. Er hätte vielleicht darauf hinweisen sollen, daß Spazierengehen gemeinhin als gesundheitsfördernd und belebend angesehen wurde. Er grinste erneut über sich. Päckchen mit einer Warnung des Gesundheitsministeriums: „Musiklehrerinnen können Ihrer Gesundheit ernste Schäden zufügen." Doch er war noch immer überzeugt davon, daß sie es ihm absichtlich vermasselt hatte – oder, sogar noch gemeiner, daß, selbst wenn sie es nicht getan hatte, sie es getan haben würde, wenn sie es gewußt hätte – und er war noch nicht bereit, sie von der Anklage, eine alte, sich einmischende Krähe zu sein, freizusprechen.

Gegenüber, auf der anderen Straßenseite, hatten die Glockenläuter der St. Barnabas Kirche ihre wöchentliche Übung beendet und bewegten sich energischen Schrittes in Richtung *Weißer Hirsch*. Das Urbild eines englischen Landstädtchens, sann Bob, während er mit mehr Vorsicht als sonst über die Straße zu seiner Linken in einen schmalen Weg einbog: eine Kirche und ein Pub. Seitdem es genug Glocken gab, um sich einen anständigen Durst anzuläuten, müssen die Glockenläuter von einer Kneipe in die andere gezogen sein.

Er ließ Kirche und Stadt hinter sich, als der Weg durch einen dichten Baumgürtel führte und zwischen freien Feldern herauskam. Unter den Bäumen war es fast dunkel und angenehm unheimlich. Der Verkehrslärm der Hauptstraße verstummte, und Fledermäuse schwirrten zwischen den Stämmen. Waren sie wohl aus dem Glockenturm vertrieben worden, fragte er sich, oder war das nur ein Ammenmärchen? Er machte sich in Gedanken einen Vermerk, es irgendwann einmal nachzuschlagen, und wußte, daß er es völlig vergessen würde.

Draußen, unter freiem Himmel, war das Licht noch kräftig. Nach einer leichten Rechtskurve verlief der Weg beinahe schnurgerade zwischen niedrigen Hecken, bis er eine halbe Meile weiter auf die buckelige Steinbrücke traf. Bob trat ein paar Mal kräftig in die Pedale und ließ sich dann faul im Leerlauf weiterrollen.
Es war nach Sonnenuntergang, und das Zwielicht breitete einen sonderbaren Zauber über das Land, der es realer und weniger beständig zugleich erscheinen ließ. Ihm schien, als könne man in dieser eigentümlichen Klarheit jedes Blatt und jeden Grashalm zählen. Die Luft war reglos und voller Erwartung, so daß der Gedanke, die Stille zu durchbrechen, die Blätter zu berühren oder im Gras zu gehen, zwar nicht unmöglich, doch ungehörig, wie eine Unverschämtheit wirkte. Es käme dem Betreten eines Privatgrundstücks gleich. Die Felder sahen aus, als gehörten sie jemand anderem, jemand, der lange Zeit weggewesen war, aber jeden Moment zurückkehren konnte, um sein Erbe zu beanspruchen...
Bob schüttelte sich innerlich, um diesen Gedankengang aus seinem Kopf zu bannen. Er verspürte eine merk-

würdige Empfindung, ein verkorkstes Gefühl in der Magengrube, den Rest des Adrenalins, wußte er, das durch seine Begegnung mit Mr. Denison ausgeschüttet worden war. Möglicherweise kam daher auch seine auffallend klare Wahrnehmung, die ihn an das Gefühl erinnerte, das er ein- oder zweimal bei einer schweren Grippe und dem damit verbundenen hohen Fieber gehabt hatte. Und außerdem war es in jedem Fall eine altbekannte Täuschung eines ganz bestimmten Abendlichts, so eine, wie er sie selbst schon hundertmal erlebt hatte. Es bestand überhaupt kein Grund, deswegen mystisch zu werden; die Landschaft verblaßte wieder ins Normale und Alltägliche. Weit über ihm dröhnte ein Flugzeug unerschütterlich durch den Himmel, das von unterhalb des Horizonts kommende Sonnenlicht glitzerte auf den Tragflächen. Als gehörten sie jemand anders, na weißte!
Er beschloß einen flotten Spaziergang den Weißdorn Hügel hinauf, um allem Unsinn von wegen einer Gebietsverletzung ein Ende zu setzen. Es schoß ihm durch den Sinn, daß er gerade durch das Abstreiten seiner Vorstellung ihre Gültigkeit irgendwie akzeptierte, doch er schob den Gedanken beiseite. Wenn man nicht aufpaßte, konnte einem die Selbstanalyse eine gehörige Portion zu spitzfindig geraten.
Er kurvte über den Weg und kam bei einem soliden, hölzernen Zauntritt, der auf der rechten Seite in die Hecke eingelassen war, zum Stehen. Hier hielt er einen Augenblick inne. Es wurde allmählich ein bißchen spät. Doch die Abneigung, seine Meinung zu ändern, gab

den Ausschlag, und er stieg ab, lehnte das Fahrrad gegen den Zauntritt und kletterte darüber.
Die glatte Erhebung des grasbedeckten Hügels lag vor ihm, zwischen ihm und dem Sonnenuntergang, und vor dem blassen Glanz des Himmels hob sich scharf die starre Silhouette des einsamen Weißdornbaums ab, der knapp unterhalb der Kuppe wuchs, und der ihn vor Jahren veranlaßt hatte, dem Hügel seinen geheimen und nicht offiziellen Namen zu geben. Von diesem Winkel betrachtet, sah er aus wie ein knorriges und verdrehtes Y mit einem sehr kurzen senkrechten Strich. Ohne länger zu zögern, stürmte er den Hügel hinauf und ließ sich oben, mit dem Rücken zum Zwillingsstamm, plumpsen. Er war fast kein bißchen außer Atem: Körperertüchtigung tut einem nur gut, Miss Kinross.
Vor sich und ein klein wenig links, konnte er das Dörfchen Brigg sehen, und in der zunehmenden Dämmerung spürte er gleich sein eigenes Haus auf, ehe er träge und nur halbbewußt jenes suchte, in das die Familie Somerset – Vater, Mutter und Tochter – wenige Wochen zuvor eingezogen war. Flüsternd begann er zu singen:

„Es war am fünften im August
Das Wetter wonniglich –"

Er lehnte gegen etwas Spitzes, das sich ihm in den Rücken grub, und er bog sich herum, um nachzusehen. Genau an der Gabelung des geteilten Stammes, ungefähr einen Fuß über dem Boden, hatte sich ein Stück der borkigen Rinde gelöst und etwas freigelegt, das wie der Kopf eines Nagels aussah. Dies war die Quelle seines Unbehagens gewesen. Er untersuchte sie eingehender. Falls es ein Nagel war, dann aber ein ziemlich großer. Der Kopf mußte gut und gern seine zwei Zentimeter breit sein. Aber wer, um alles in der Welt, sollte hier heraufkommen wollen und einen Riesennagel in einen Weißdornbaum einschlagen? fragte er sich. Er zerrte probehalber daran und war überrascht, als er leicht nachgab. Ermutigt änderte er seine Stellung und wandte sich wieder dem Dorf und seinem Lied zu, wobei er sich gleichzeitig an dem Nagel zu schaffen machte.

„Zum Markt nach Brigg begab ich mich –"

Das war natürlich das andere Brigg, die Stadt in Lincolnshire oder sonstwo. Er war nie dort gewesen und beabsichtigte, ihr soweit wie möglich aus dem Weg zu gehen. Man hatte ihm erzählt, es sei ein schrecklicher Ort und es wäre jammerschade, das Lied durch die falschen Assoziationen zu verderben.
Der Nagel bewegte sich ganz mühelos, als ein Auto vor dem Haus der Somersets vorfuhr.

„Der Liebe zugeneigt."

Da schrak er prompt zusammen und gab das Lied auf. Das mußte Miss Kinross sein, befand er. Ja, er konnte Helens lange blonde Haare erkennen, als sie ausstieg. Sie beugte sich hinunter, um etwas zu der Musiklehrerin zu sagen, ging dann durch das Tor und verschwand, und Bob beobachtete, wie der Wagen ruckend davonfuhr. Es mußte Stunden gedauert haben, den Schlüssel auszugraben. Sie hätten ihm eigentlich die High Street bis zur Ecke hinunter folgen müssen, und es war nichts von ihnen zu sehen gewesen, solange er dort aufgehalten worden war – wie lange? Fünf Minuten vielleicht? Er war plötzlich dankbar, daß es Mr. Denison gewesen war und nicht Miss Kinross: ein Vortrag von ihr über Sicherheit im Straßenverkehr wäre über seine Kräfte gegangen; besonders wegen der unleugbaren Berechtigung. Sie hätte bestimmt keinen Witz, egal wie grimmig, über das Waschen ihres Autos gemacht. Nein, sie wäre mehr besorgt als wütend gewesen ... doch Bob wußte mit einer plötzlichen und überraschenden Gewißheit, daß ihre Sorge um ihn echt gewesen wäre. Sehr gut, ich vergebe Ihnen Ihre Einmischung, Madam, dachte er hochherzig – aber daß mir das nicht noch einmal passiert.

Voraus über dem Horizont fingen ein paar wenige, niedrige Wolken die letzten Strahlen der Sonne ein, glühten wie leuchtendes Gold. Sie erschienen ihm nicht das erste Mal wie zauberische Inseln, eingebettet in ein glattes Türkismeer, unberührt und unberührbar vom Menschen. Er dachte einen Moment daran, ein Gedicht über sie zu schreiben, und vielleicht über ihre geheimnisvollen Bewohner, doch ihm fielen nur die Worte eines anderen Dichters ein, und der goldene Glanz verblaßte langsam in weiches Rosa und dann zu Grau.

Der Nagel war jetzt beinahe draußen, und er wandte sich um, um sich ihm ganz zu widmen. Noch ein wenig hin und her gewackelt und dann ein kräftiger Ruck – na, zwei kräftige Rucke ... Er packte mit beiden Händen zu und stemmte die Füße gegen den Stamm: es kam ihm nicht in den Sinn, sich zu fragen, wieso er so viel Energie auf eine so simple Sache verwendete. Der ganze Baum schien zu erschauern und aufzuseufzen, als der Nagel herauskam. Bob untersuchte interessiert seine Trophäe. Er mußte fünfzehn bis zwanzig Zentimeter lang sein, wenn nicht mehr, sein Querschnitt war quadratisch und er verjüngte sich konisch zu einer immer noch – erstaunlich – scharfen Spitze. Trotz seines guten Zustands machte er einen sehr alten Eindruck. Es wunderte ihn, daß er ihn überhaupt herausbekommen hatte, ganz zu schweigen von der relativen Mühelosigkeit, mit der dies geschehen war.

Er drehte sich wieder um, um ostwärts über das Wegband zu schauen, auf dem er hergefahren war, und das in einem flachen Tal vor ihm lag. Zu seiner Rechten, direkt hinter der Steinbrücke, konnte er die Lichter eines einzelnen, halb unter dem Saum der Bäume verborgenen Cottages erkennen. Mrs. Whitcroft mußte zu Hause sein. Er beschloß, sie am Morgen zu besuchen. Sie hatte wahrscheinlich keine Besorgungen zu erledigen, doch für eine Tasse Tee war sie immer zu haben; und außerdem konnte er sie wegen dieses Nagels hier fragen. Sie hatte die Angewohnheit, über merkwürdige Dinge Bescheid zu wissen.

Der Fluß unter der Brücke mußte inzwischen fast ausgetrocknet sein, nach dieser Hitzeperiode. Er verfolgte mit den Augen seinen Lauf zurück. Zuerst führte er direkt von ihm weg, machte aber dann eine plötzliche scharfe Biegung und verlief parallel zum Weg von Crookston. Auf seinem diesseitigen Ufer, ihm beinahe gegenüber, stand eine einsame Esche, dunkel und bedrohlich. Zum Sehen war es jetzt fast schon zu dunkel.

Die Esche kam über die Felder auf ihn zugewirbelt, ihre Äste wie Arme schwenkend und gräßlich schreiend, ohne Mund. Er schüttelte den Kopf und blinzelte kräftig, sein Herz trommelte plötzlich, und der Nagel entglitt unbemerkt seinen Fingern. Die Szene klickte in die Scharfeinstellung zurück, und der Baum stand wieder friedlich am Rand der Wiese.

Du drehst durch, sagte Bob zu sich selbst, halb im Spott und halb in echter Bestürzung. Sei auf der Hut.

Und dann geriet ihm die Melodie in den Kopf. Eine durchsichtige Flötenmelodie: nein, es klang etwas anders ... mehr wie eine Holzflöte vielleicht, weniger wie seine neumodische Metallflöte. Er blickte sich um, und erwartete beinah den Flötenspieler zu sehen, so wirklich war der eingebildete Klang. Sein Blut tanzte zur Melodie. Er hatte es hin und wieder versucht, ein Stück zu schreiben, aber so etwas war ihm noch nie zuvor begegnet. Vielleicht war das, was man Inspiration nannte – so wie es die echten Komponisten machten. Bislang hatte er nie so recht daran geglaubt.

Er konzentrierte sich stark, fürchtete, die Melodie zu verlieren, ehe er sie sich richtig eingeprägt hatte. Wie ging sie doch? Es gab einen wilden rhapsodischen Teil ohne erkennbaren Rhythmus, der sich allmählich in

einen Tanz auflöste – in welchem Takt? Sechsachtel, dreiviertel? Nein, das war zu regelmäßig: fünfachtel oder siebenachtel? Nein, das auch nicht. Aber er hatte sie jetzt, er wußte, daß er sie hatte. Sie tanzte in seinem Gehirn im Kreis, als bahne sie sich selbst einen Pfad. So eine Melodie konnte er nicht vergessen, nicht sofort wenigstens. Aber er mußte schleunigst nach Hause und sie aufschreiben. Er hatte seine eigenen Melodien schon mal vergessen, und mit dieser hier konnte er sich das nicht leisten. Er mußte sie zu Papier bringen.
Er sprang auf und wandte sich in Richtung des Zauntritts, nur um nach wenigen Schritten stehenzubleiben. Er hatte etwas vergessen, mußte umkehren und es holen. Was? Den Nagel, erinnerte er sich. Nimm ihn mit. Er machte kehrt, durchwühlte hastig das Gras und fand ihn mit Erleichterung.
Wieso mit Erleichterung? fragte er sich, stieß dann aber die Frage weg, weil er sich vor allem fürchtete, was ihn von seiner Melodie ablenken könnte. Er mußte nach Hause und sie sofort aufschreiben.
Er lief mit großen Schritten den Hügel hinunter, den Nagel mit der Hand umklammernd, hielt kaum am Zauntritt inne, sprang auf das Fahrrad. Die Melodie! Konzentrier dich. Vergiß sie nicht.
Er raste wie von allen Hunden der Hölle gehetzt los.

Zwei

Mrs. Selden steckte den Kopf um die Schlafzimmertür.
„Hör mal Bob, es ist gleich Mitternacht. Solltest du nicht allmählich Schluß machen?"
Er hatte auf einen Vorwand gewartet, die Versuche einstellen zu können, aber jetzt, wo er ihn geliefert bekam, ärgerte er sich darüber.
„Oh, schon gut. Augenblick noch." Er unternahm eine halbherzige Anstrengung, sich die Müdigkeit und Erschöpfung in der Stimme nicht anmerken zu lassen und scheiterte. Seine Mutter beschloß weise, es ohnehin zu ignorieren.

„Was treibst du?" fragte sie. „Wir haben den ganzen Abend kaum etwas von dir zu sehen bekommen. Freitags garantiert doch keine Hausaufgaben?"
„Nein. Was anderes."
Mrs. Selden sagte nichts, wartete auf eine nähere Erklärung, falls ihm danach zumute war.
„Erst hatten wir die Probe, und dann kam mir auf dem Heimweg diese Melodie in den Sinn." Er würde nichts über die Umstände sagen, wie sie ihm eingefallen war: das klänge bloß großspurig und aufgeblasen. „Um sie nicht zu vergessen, wollte ich nicht in die Glotze schauen oder was anderes machen, deshalb bin ich hier hochgegangen und hab versucht, sie aufzuschreiben. Aber die Sache klappt verdammt nochmal nicht."
Mrs. Selden überging den gelinden Fluch und unterdrückte ein Lächeln. Der Fußboden war mit Notenpapierfetzen übersät, manche zerknüllt, manche in einem eindeutigen Wutanfall entzweigerissen. Ihr Sohn war im Normalfall so ausgeglichen, wie man es vernünftigerweise erwarten durfte, doch ging irgend etwas mit einem Musikstück schief, an dem er gerade arbeitete, dann lief er Gefahr, nichts Geringeres zu tun, als sich auf den Boden zu werfen und in den Teppich zu beißen. Verstohlen suchte sie in dem Durcheinander nach zerbrochenen Bleistiften und entdeckte fünf Einzelteile. Das bedeutete mindestens drei Bleistifte: das fehlende Stück konnte sonstwo hingeflogen sein. Es mußte eine schlimme Sitzung gewesen sein.
„Wenn du doch bloß die Bleistifte nicht immer so zerbrechen würdest", sagte sie. „Eine fürchterliche Ver-

schwendung ist das. Und für das Papier gilt dasselbe."
Das meiste davon schien tatsächlich kaum benutzt.
„Na was, entweder das, oder einen Tobsuchtsanfall. Irgendwie muß ich mir Luft machen."
„Kannst du dir dafür nichts Billigeres ausdenken?"
„Es wäre nicht das gleiche." Bob gähnte. Er gewann einen Teil seines Gleichmuts zurück. „Ich geb's jetzt, glaub ich, sowieso auf."
„Gute Idee", stimmte Mrs. Selden zu. „Probier's doch morgen früh auf dem Klavier."
„Ach, daran liegt's nicht", versuchte Bob zu erklären. „Es ist nicht wegen der Harmonie oder so. Ich höre ganz genau, was ich möchte. Ich kann's bloß nicht aufschreiben."
Mrs. Selden wirkte verblüfft – ein Viertel so verblüfft wie ich es bin, dachte Bob.
„Wieso nicht?" fragte sie.
„Keine Ahnung." Er hatte genug geredet. „Irgendwie sieht's eben nicht richtig aus."
„Morgens wird's wahrscheinlich schon hinhauen", beruhigte ihn Mrs. Selden. „Also gute Nacht, dann."
„Nacht, Ma."
Doch es würde am Morgen nicht hinhauen! Er wußte mit unerschütterlicher Gewißheit, daß er dies hier nie richtig hinbekommen würde. Er hatte zwei Stunden lang alle möglichen Notationen ausprobiert und alle ohne Erfolg. Es war so gewesen, als versuche man, einen Sonnenstrahl zu fangen, überlegte er, oder das Ende des Regenbogens zu suchen. Da tönte die Melodie lustig in seinem Kopf, und dennoch, sobald er nur

den Bleistift aufs Papier setzte, entzog sie sich irgendwie seinem Zugriff, und er blieb mit ein paar schlampigen Zeichen zurück.
Er befürchtete nicht mehr, die Melodie werde seinem Gedächtnis entgleiten. Er wußte, daß er sie ebensowenig vergessen konnte wie seinen eigenen Namen oder seinen Wohnort. Das hatte ihm schon längst gedämmert, und seither hatten seine Bemühungen weniger dem Aufschreiben der Sache gegolten, als vielmehr dem Versuch ihrer Austreibung. Er wollte die Musik in die fünf Linien des Notensystems vergittern, mit den Taktstrichen festhalten; aber sie weigerte sich, sich festketten zu lassen. Die Illusion, sie tatsächlich körperlich zu hören, hatte er überwunden, doch immer noch tanzten die zierlichen, verzwickten Rhythmen und die rasende Wildheit in seinem Kopf einen endlosen Ringelreihen. Wie sollte er dabei denn jemals auch nur ein Auge zutun können?
Unbewußt griff er nach seiner Flöte. Er würde es nur einmal durchspielen, ganz leise, um sich zu vergewissern, daß er es noch konnte. Dann wäre er vielleicht in der Lage, den unkontrollierbaren Teil seines Gehirns zu überreden, daß er ihn nicht dauernd daran erinnern mußte.
Fast unhörbar stahlen sich die ersten Noten in die Luft, und bei dem schaurigen, bluteinfrierenden Geheul, das irgendwo in der Nähe anhob, standen ihm die Haare zu Berge. Für einen Moment gingen Geister durchs Haus und die Gräber entließen ihre Toten. Mit zitternden Fingern und trommelndem Herzen hörte er zu spielen

auf; und dann schaltete sich sein Verstand ein. Natürlich, das war nur Sally, die vermutlich den Mond anbellte. Sie machte das manchmal, und es war jedesmal nervenzerfetzend. Das Geheul brach ab, und er hörte die Spanielhündin unten ein oder zwei Mal winseln und dann das Rascheln und den Plumps, als sie sich wieder schlafenlegte.

Gar keine schlechte Idee, dachte Bob. Er würde heute nacht sowieso nicht weiterkommen, das konnte er sich ruhig eingestehen. Vielleicht würde es ja morgens klappen. Bevor er zubettging, kickte er das zerknüllte Papier zu einem groben Haufen zusammen. Er hatte nicht erwartet, sehr rasch einzuschlafen, doch die Störung durch die Hündin (eine aufrichtige Kritikerin, dachte er dösig) schien den Kreis des Tanzes durchbrochen zu haben, für den Moment wenigstens. Er war sehr müde.

Drei

„Bob! Willst du etwa den ganzen Tag im Bett bleiben, oder was?"
Die Stimme kam die Treppen hoch, drängte ihn aus dem Schlaf. Er wußte auf unbestimmte Art sofort, daß etwas Wichtiges passiert war oder passieren würde, ohne jedoch gleich sagen zu können, was. Noch halbverschlafen vermochte er nicht zu entscheiden, ob der Morgen zum Beispiel eher wie Weihnachten wirkte oder wie der Tag, an dem ein möglicherweise schmerzhafter Besuch beim Zahnarzt anstand. Irgend etwas schien über ihm zu hängen, doch ob es nun besonders

gut oder schlecht war, wußte er nicht. Im Halbschlaf schien es nicht ausgesprochen wichtig, dies zu entscheiden, und er begann, wieder in Bewußtlosigkeit zu versinken.
„Ich schick Sally rauf, um dich rauszuschmeißen", rief die Stimme seiner Mutter zur Warnung; doch er beachtete sie nicht und drehte sich schläfrig um.
Ein aufgeregtes Getrappel kam die Treppe hoch und blieb vorübergehend draußen vor seiner Schlafzimmertür. Die lose Klinke klapperte hartnäckig, bis die Tür aufschwang, und Bob blieb keine Zeit für ein Abwehr- oder Ausweichmanöver, als das Freudenpaket von Spaniel einen Hechtsprung machte und mit einem weichen und schweren Bums auf seinem Bauch landete.
„He, laß das! Zieh ab", sprudelte er und versuchte blindlings, das haarige Gesicht samt seiner großen, nassen und wohlmeinenden Zunge von seinem eigenen wegzustoßen. „Hör auf damit, du Untier!"
Er trat den Rückzug unter die Laken an, doch das erwies sich als taktischer Fehler. Sally fing sofort mit hochentzücktem Gebell nach ihm zu graben und buddeln an. Dies war ihr Lieblingsspiel, das ihr nicht oft erlaubt wurde, und sie war entschlossen, es voll auszukosten.
Nach einer Weile beschloß sie, die Sache gründlich zu erledigen, nahm einen Zipfel der Bettdecke zwischen die Zähne und zerrte daran. Das war unfair, denn Bob mußte nun entweder loslassen oder das Risiko eingehen, das Laken in Fetzen gehen zu lassen. Es war ein ungleicher Wettkampf, und nach wenigen Minuten sah

das Bett wie ein kleines Schlachtfeld aus, in dessen Mitte die Siegerin Sally keuchend als alleinige Besitzerin lag. Bob war hellwach. Unter solchen Umständen mußte man einfach aufstehen, schon aus reinem Selbstschutz. Mrs. Selden konnte sich nicht erinnern, daß diese Methode jemals versagt hätte.
Er saß auf der Bettkante, knudelte die hellbraunen Schlappohren des Hundes und versuchte, seine zwiespältigen Gefühle vor dem Überfall zurückzurufen. Doch jetzt waren sie nicht mehr da, verjagt durch Sallys Zuneigung.
„Die Zunge ist ein mächtiges Glied", belehrte er sie und fragte sich, woher das Zitat stammte, und ob er es richtig wiedergegeben hatte. Dann sprang ihm ein Stück zerknülltes Notenpapier auf seinem Nachttisch ins Auge, er nahm es und betrachtete die ziemlich betrunken aussehenden Noten. Er erinnerte sich an seine Notationsversuche der vergangenen Nacht, doch jetzt mit Gleichgültigkeit.
„Warum habe ich deswegen bloß so ein Tam-Tam veranstaltet, na, Dummkopf?" fragte er die Hündin. Sally beschnüffelte es, doch da sie zu dem Schluß gelangte, daß es wahrscheinlich ungenießbar war, verlor sie das Interesse. „Ich schätze, ich muß es mal für einen guten Einfall gehalten haben." Er blickte ernst in die klaren, braunen Augen. „Weißt du, ich schnappe nämlich über", sagte er vertraulich. „Das ist mein Problem." Sally leckte ihm mitfühlend das Gesicht.
Er glättete sorgfältig das Papier, faltete es zu einem Flieger und schnellte ihn durchs Zimmer. Er sah jetzt

keinen Grund mehr für sein Unbehagen beim Aufwachen. Der Papierflieger kurvte durch die Luft, prallte gegen den Spiegel beim Toilettentisch, stürzte unelegant ab und blieb auf dem Nagel liegen, den er aus dem Weißdornbaum gezogen hatte. „Und wieder geht eine Messerschmitt in Flammen nieder", sagte er und schrieb ihn ab.
„Komm schon", sagte er zu Sally, „die Show ist vorbei. Du verschwindest hier jetzt besser, bevor du noch mehr Schaden anrichtest." Folgsam sprang sie vom Bett und trottete zur Tür. Bob schnappte sich seinen Morgenmantel und marschierte ins Bad.

Als er die Treppen herunterkam, war das Frühstück längst vorbei und Mrs. Selden beim Abwasch.
„Grausam nenn ich das, jawohl", sagte Bob bei seinem Erscheinen, „den Hund so was machen zu lassen."
„Na, dann melde es doch dem Tierschutzverein."
„Oh, nicht ihr gegenüber grausam", erklärte er. „Ich bin um meine Person besorgt."
„Na, dann wirst du gleich noch besorgter sein", sagte Mrs. Selden, „denn vom Frühstück ist nichts mehr übrig. Kannst dir ja was machen, wenn du Lust hast. Eier sind genug da."
„Lohnt nicht." Bob griff sich ein Geschirrtuch. „Ich trink bloß rasch ne Tasse Tee und eß einen Keks."
„Mach, was du willst. Wie bist du mit der Musik vorangekommen?"
„Ach, ich hab's aufgegeben. Ich glaube, ich lasse es mal für eine Weile gut sein." Seit dem Aufstehen hatte er

nicht mehr ernsthaft an die Melodie gedacht, und für einen Moment, in dem sich Bestürzung und Erleichterung mischten, fragte er sich, ob er sie letzten Endes doch vergessen hatte. Doch dann hörte er sie leichtfüßig in seinem Hinterkopf tanzen. Er unterdrückte sie standhaft, denn er wollte sich nicht an die Enttäuschung der letzten Nacht erinnern. Sollte sie ruhig eine Weile in seinem Unterbewußtsein bleiben: wenn sie dann wieder herauskam, ließ sich vielleicht besser mit ihr zurechtkommen.

Er trocknete sich eine Tasse und eine Untertasse ab.

„Gibt's noch Tee?" fragte er und hob den Deckel von der Kanne.

„Ein Rest – aber der wird inzwischen widerlich schmecken, wenn du mich fragst. Warum machst du nicht noch welchen?"

„Schon gut. Das hier reicht mir." Er nahm sich eine Handvoll Kekse aus der Büchse, begann zu kauen und trank einen Schluck Tee, um sie besser rutschen zu lassen. „Würg. Bombastischer Tee."

„Das ist nicht die Bedeutung von bombastisch", beschwerte sich seine Mutter.

„Na, dann sollte sie es aber sein."

„Geschieht deiner Faulheit ganz recht. Wenn es dir zu mühsam ist, Wasser aufzusetzen..."

„Ich beschwer mich doch gar nicht", sagte Bob rasch und nahm einen weiteren Bissen seines Notbehelfsfrühstücks. „Mir schmeckt's so. Wo ist Dad?"

„Irgendwo draußen im Garten, glaube ich. Er jätet, oder macht sonst was."

„Oh!" Bob hielt inne und trank seinen Tee so schnell wie möglich aus. „Ich wollte heute morgen eigentlich mal bei Mrs. Whitcroft vorbeischauen", sagte er nach einer Weile, ein wenig zu beiläufig. Seine Mutter ließ sich von seinem Tonfall nicht täuschen.

„Drückeberger."

„Sie hat vielleicht was einzukaufen, oder so", protestierte er. „Naja, eigentlich muß ich auch nicht unbedingt..." Er zögerte, hoffte, daß es ihm seine Mutter erlassen würde, seine Hilfe bei der Gartenarbeit anzubieten.

„Ach komm, war nicht so gemeint", sagte sie. „Verdünnisier dich auf ein Weilchen. Dad sagt, du reißt sowieso immer die falschen Pflanzen aus."

„Mit Absicht", erklärte Bob erleichtert.

„Würde mich nicht wundern. Geh doch hinten rum. Dann kannst du Sally mitnehmen. Sie verdient zwar keinen Spaziergang, so wie sie sich aufführt, aber trotzdem. Hast du sie heute nacht heulen hören – das hätte ja Tote aufgeweckt. Möchte bloß wissen, warum sie das tut."

„Weiß der Himmel." Er blickte sich nach der Hündin um und fand sie unter dem Tisch, wo sie in aller Stille ein Küchentuch zerfetzte. „Du bist gemeint, du Untier", sagte er und nahm ihr die Überreste weg. „Es wird noch böse mit dir enden, garantiert."

Sally erschien mit wackelndem Stummelschwanz und gänzlich ungerührt von ihrem schlechten Betragen.

„Na, was ist, kommst du jetzt?" Bob ging zur Tür. „Komm schon, Dummkopf", sagte er. Die Hündin

blickte ihn erwartungsvoll an, und als er die Tür öffnete, schoß sie aufgeregt hinaus.
„Der Hund kriegt noch einen Komplex, wenn du ihn dauernd Dummkopf nennst", sagte Mrs. Selden.
„Komplex! Puh! Sally bildet sich ohnehin schon ein, daß sie hier das Kommando führt; so ganz unrecht hat sie damit ja nicht. Zum Lunch sind wir wieder da."

Er schloß die Tür und schritt zur hinteren Gartenpforte. Von seinem Vater war nichts zu sehen, und dafür war er dankbar. Jetzt mußte er nicht stehenbleiben und reden und sich auf Erklärungen einlassen, wo er hinging, was ja doch letztendlich auf etwas verschämte und wenig überzeugende Rechtfertigungen hinauslaufen würde, dafür daß er nicht hierblieb und half. Er ging rasch durch den Garten, ohne sich groß umzusehen, und fühlte sich erleichtert und ein wenig schuldig, als er draußen stand und das Tor hinter sich schloß.
Den Weg hinten herum einzuschlagen, bedeutete, daß er den Weißdorn-Hügel umgehen würde. An einem anderen Morgen wäre er vielleicht hinaufgegangen, doch heute wußte er ohne nachzudenken, daß er es nicht tun würde. Mit Entschiedenheit versuchte er sogar, seinen Anblick zu vermeiden, wobei er sich voller Unbehagen bewußt war, daß er für sein Verhalten keine vernünftige Erklärung finden konnte. Aus einem unbestimmten Grund wollte er nicht an letzte Nacht denken, und ganz besonders nicht an die Melodie, die zu seiner Verärgerung wieder in seinem Kopf zu spielen begonnen hatte. Er versuchte Baum, Hügel und Musik

von sich zu stoßen, doch das machte alles nur noch schlimmer.

Er konzentrierte seine Aufmerksamkeit auf Sally, suchte nach einem Stock oder etwas anderem, das er für sie werfen konnte. Sie raste mit grenzenloser Energie und sinnloser Begeisterung in weiten Kreisen herum. Lauf nicht den Hügel hoch, dachte er automatisch, ich habe keine Lust, da hinaufgehen zu müssen und dich zu suchen. Besorgt wurde ihm klar, daß er wegen der Sache allmählich einen richtigen kleinen Komplex bekam. Übergeschnappt? fragte er sich spöttisch. Das reicht wohl nicht. Einfach lachhaft, das Ganze. Übergeschnappt, soso! Wohl eher zu wenig gefrühstückt! Von dieser prosaischen Erklärung einigermaßen beruhigt, ging er langsam weiter.

„Bob!"

Er drehte sich um und vergaß seine psychologischen Befürchtungen. Am Feldrand trat Helen winkend aus den Bäumen.

„Hallo", rief er zurück. Komm schon näher, dachte er. Nur ein Stückchen; nur damit ich weiß, daß du mit mir sprechen willst.

Sie kam über das Gras auf ihn zu, und er ging ihr entgegen.

„Ein schöner Tag heute, nicht?" Von allen hoffnungslos einfältigen Gesprächseröffnungen hatte er ausgerechnet diese wählen müssen.

„Wie englisch kann man werden?" Sie lachte über ihn, doch er beschloß, daß es ihm nichts ausmachte.

„Noch viel englischer. Du hast ja keine Ahnung."

Sally stürmte auf sie zu, gespannt darauf, dieses neue und interessante Phänomen zu untersuchen.
„Keine Bange", sagte Bob schnell, um sie zu beruhigen. „Sie beißt nicht und ist auch sonst ganz brav."
Den Beruhigungsversuch hätte er sich sparen können.
„Ich weiß, daß sie nicht beißt", sagte Helen mit jener Geringschätzung, die dem Vertrautsein mit Hunden entstammt. Sie kniete sich hin, um den Spaniel zu streicheln. „Die wenigsten Hunde beißen. Schnauzer ausgenommen", fügte sie hinzu. „Das sind ganz gemeine Schnapper."
„Wärst du auch, wenn du so kurze Beine hättest", meinte Bob. „Und laß das bloß nicht die Queen hören."
„Dazu werde ich wohl kaum Gelegenheit haben."
Sally entschied, daß sie eine neue Freundin gewonnen hatte.
„Gehört sie dir?" fragte Helen. „Wie heißt sie denn?"
„Sally. Aber meistens nenn ich sie Dummkopf."
„Du wirst noch ihre Gefühle verletzen, wenn du solche Sachen über sie sagst."
„Du bist schon die zweite, die mir das heute sagt. Es muß wohl stimmen."
„Äh?"
„Meine Mutter hat eben fast genau dasselbe gesagt."
„Na bitte. Sie hatte recht, oder?" sagte sie zu der Hündin. „Du bist doch nicht dumm? Schön bist du. Uff!"
Sie wich vor Sallys nassem Lecken zurück, stand auf und pflückte sich einen Grashalm von den Jeans.
„Das hast du nun davon", sagte Bob. „Dieser Hund hat die nasseste Zunge im ganzen Hundereich."

„Bringst du sie zum Kaninchenjagen mit hier raus?"
„Was, meine Mutter?" fragte er und war sich dessen bewußt, daß dieser Satz zu spät gekommen war, um auch nur im entferntesten witzig zu sein. Er ging wie zufällig weiter, zog sie mit sich; versuchte sie daran zu gewöhnen.
„Nein, den Hund, Dummkopf."
„Zum Kaninchenjagen? Sie würde nicht mal dann ein Kaninchen erkennen, wenn es vor ihr stünde und ihr die Pfote schütteln wollte. Und du verletzt meine Gefühle, wenn du mich Dummkopf nennst."
„Du wirst es garantiert überleben."
Sie wanderten schweigend weiter. Sag was, du Schwachkopf, redete Bob sich zu.
„Gehst du irgendwo bestimmtes hin?"
„Nein, ich treib mich bloß so rum. Ma und Dad sind den Morgen über nach Crookston reingefahren. Ich wollte ein bißchen auf Erkundung gehen."
„Und was hast du bis jetzt erkundet?" wollte Bob wissen.
„Nur dieses Eckchen Wald. Er ist viel größer, als man glaubt."
„Wohl", bestätigte Bob und zog seine bäuerliche Tour ab. „Wohl, dem ist so. Und man erzählt sich auch, wie's grausig darin umging. Ein schröcklich Geist, der erwachsene Männer zum Bibbern und um den Verstand bringt vor Schreck."
„Wirklich?" Sie wirkte leicht beunruhigt.
„Guter Gott, nein", sagte Bob. „Ich wollte nur ein paar ländliche Legenden für dich erfinden, um dem Ort ein

wenig Ausstrahlung zu geben. Aber von Crookston solltest du dich ehrlich fernhalten. Das sind komische Typen da, und sie haben Schwimmfüße."
„Wieso denn?" fragte sie ernsthaft.
„Das kommt von der Arbeit in den Karamelminen."
„Das ist mir neu. Wo liegen die denn?" Sie klang aufrichtig interessiert. Es war lange her, daß Bob jemand so Leichtgläubiges getroffen hatte.
„Also", begann er, „du gehst an der Schule vorbei weiter hoch, und biegst dann bei der zweiten Straße –"
Er fing ihren Gesichtsausdruck auf und brach ab.
„Das ist nicht fair", beklagte er sich. „Ich wollte *dich* auf den Arm nehmen. Du verdirbst den Mythos vom verschlagenen Landmann und der unschuldigen Städterin."
„Entschuldige." Sie kicherte. „Hast du wirklich geglaubt, daß es mir auch nur eine Minute ernst war?"
„Naja ... fast", gestand er. „Aber mir kam es ein bißchen zu echt vor." Und du hattest vor dem Geist *doch* ein wenig Angst, fügte er im stillen hinzu.
Wieder eine sekundenlange Pause, die diesmal Helen beendete.
„Es tut mir leid, daß du gestern abends meinetwegen Ärger mit Miss Kinross bekommen hast."
Er zermarterte sich das Gedächtnis. „Wie kam das?"
„Wegen der extra Probe."
„Ach, das. Vergiß es – sie hat mich sowieso auf dem Kieker. Hab's gar nicht gemerkt."
„Du schienst ziemlich sauer deswegen. Nein?"
Deswegen und wegen anderem, dachte Bob.

„War eben einfach nicht mein Tag, gestern", sagte er. „Ein Tag der ungemilderten Katastrophen, und zum krönenden Abschluß hätte ich mich auf dem Heimweg beinahe noch selbst umgebracht." Er bedauerte augenblicklich, es gesagt zu haben: es klang albern und melodramatisch.

„Und wie kam das?" Helen schien nicht mehr als ein normales Gesprächsinteresse zu bekunden.

„Ach, es war nichts, ehrlich. Ich bin nur fast dem alten Dave Denison mit dem Fahrrad unter die Vorderreifen gekommen."

„Wer ist Dave Denison?"

„Der Bursche, dem ich gestern abend fast mit dem Fahrrad unter die Vorderreifen gekommen bin", sagte Bob. Als er merkte, daß sich Helen nicht im geringsten amüsiert zeigte, fuhr er rasch fort: „Unser Englischlehrer. – Wirklich ein netter Bursche."

„Was, nachdem er dich fast umgebracht hat?" Bob glaubte einen Anflug von Sarkasmus herauszuhören.

„Oh, es war ganz allein meine Schuld. Ich hab einfach nicht auf den Weg geachtet." Bob lächelte. „Er riet mir, unter ein anderes Auto zu fahren, weil er seins eben frisch gewaschen hätte."

Helen schien ziemlich schockiert. „Das klingt mir absolut nicht nach einem ‚netten Burschen'. Hört sich ja schrecklich an."

„Nicht, wenn du ihn kennst." Bob merkte, daß er sich in der Defensive befand. „Er sagt eben solche Sachen – er ist etwas ... wie sagt man?"

Helen überlegte kurz. „Sardonisch", sagte sie.

„Nein, das hat was mit einer Fischart zu tun."
„Ach, hör auf." Helen versetzte ihm einen Schubs, und Bob verzeichnete mit Vergnügen, daß die Unterhaltung nun wieder in dem Ton verlief, den er sich wünschte.
„Und danach habe ich dann angefangen, Sachen zu hören", sagte er und merkte, daß er wieder dabei war, alles zu verderben.
„Was für Sachen?"
„Oh, nichts besonderes. Mir fiel bloß eine Melodie ein – sie war ein bißchen sonderbar." Aber er wollte die Angelegenheit nicht weiter verfolgen. Er warf sich in eine tragische Pose. „Der Verfall eines großen Geistes", deklamierte er. Dann beschloß er, daß es besser war, das Thema zu wechseln und fuhr fort: „Übrigens, wäre euch mit einem Minensuchgerät gedient gewesen? Ich hätte beinahe angehalten und angeboten, euch eines zu leihen."
„Was?" Helen begriff nicht.
„Ein Minensuchgerät – um gestern abend Griseldas Autoschlüssel zu finden."
Sie lachte. „Sie heißt nicht wirklich Griselda, oder?"
„Sollte sie aber. Oder Agatha."
„Jezebel."
„Dafür ist sie nicht mondän genug. Lavinia."
„Tabitha", schlug Helen vor.
„Nein, das gefällt mir."
„Da muß ich an Katzen denken."
„Paßt doch prima. Letitia."
„Was wolltest du –"
„Oder Dorcas." Er ahnte, was jetzt kam.

„ – sagen, als sie uns rausschmiß?"
„Oh, nichts von Bedeutung. Wo steckt denn bloß wieder dieser Hund?" Er sah sich unbestimmt um. Los jetzt, sagte er zu sich selbst, warum auch nicht. „Ich wollte nur vorschlagen, daß du mit mir nach Hause gehst. Besser als in ihrem Klapperkasten rumkutschieren zu müssen."
„Oh." War sie überrascht, oder was?
„Hättest du's gemacht?" Sagen sie mir die ungeschminkte Wahrheit, Doktor, dachte er.
„Weiß nicht. Möglich. Es war ein schöner Abend", fügte sie rasch erklärend hinzu. „Es ist jedenfalls gräßlich, mit ihr Auto zu fahren. Sie ist eine miserable Fahrerin." Das klingt recht vernünftig, dachte Bob, wenn auch nicht besonders ermutigend für mich. „Aber nächste Woche ist ja wieder ein Freitag", setzte Helen hinzu und klang dabei ziemlich reumütig.
„Wahrscheinlich wird es in Strömen gießen", sagte Bob düster als Gegenmittel für sein Entzücken über ihre Antwort.
„Wahrscheinlich."
Sie waren zum Feldrand gelangt.
„Ich gehe Mrs. Whitcroft besuchen", sagte Bob. „Warum kommst du nicht einfach mit?"
„Wer ist Mrs. Whitcroft?"
„Eine Freundin von mir. Sie ist Witwe – wohnt in dem Cottage da drüben." Er deutete darauf.
„Das Hexenhaus", sagte Helen.
„Red keinen Quatsch." Bobs Stimme klang scharf, beinahe grob. „Du kennst sie ja nicht einmal."

„Ich wollte nicht –" Sie war über seinen Ausbruch erstaunt und leicht verärgert. Verdammter Mist, dachte er, warum hast du das jetzt bloß wieder gemacht? Kannst du denn nichts richtig anfangen?
„Nein, ich weiß", sagte er schnell. „Entschuldigung. Ich nehme meine Freunde aus reinem Vergnügen in Schutz. Entschuldigung. Ich schätze, irgendwie ist sie schon ein bißchen merkwürdig. Aber bestimmt keine Hexe."
„Wie, merkwürdig?"
„Nun . . . ich bin mir nicht sicher, ehrlich. Ich hätte das vermutlich gar nicht sagen sollen." Und im Augenblick bin ich im Sagen von Sachen, die ich eigentlich nicht sagen sollte, ziemlich groß, sann er. „Sie kennt sich irgendwie aus", fuhr er fort. „Mit Bäumen und Blumen und Tieren – nicht im wissenschaftlichen Sinn, das mein ich nicht." Er merkte, daß er sich nicht sehr verständlich ausdrückte. „Geschichten und Sachen – die über die Füchsin und die Eichenleute solltest du mal hören. Sie befaßt sich auch ein wenig mit Heilkräuterkunde und solchen Dingen."
„Hast du mal was eingenommen?" fragte Helen.
„Ab und zu – gegen Erkältungen und so. Scheint auch zu funktionieren", fügte er mit leichter Überraschung hinzu.
„Eine weise Frau", sagte Helen unerwartet.
„Eine was?"
„So hat man sie früher genannt – weise Frauen. Sie machten Zauberformeln und ähnliches – gute", setzte sie rasch hinzu.

„Irgendwie ist das ein guter Name für sie", gab Bob zu, „aber ich sehe sie nie mit Zaubersprüchen hantieren. Was ist jetzt, kommst du mit?"
„Aber ich kenne sie doch gar nicht", protestierte Helen.
„Geht schon in Ordnung – das stört sie nicht. Sie drängt mich immer, meine Freunde mitzubringen." Sally zappelte um ihre Beine. „Sie will ihren Kuchen", erklärte Bob. „Stimmt's, Sal?"
„Oh ... also gut, von mir aus", sagte Helen endlich. „Wenn du sicher bist, daß es sie nicht stört."

Sie zwängten sich durch die Hecke, übersprangen den schmalen, zugewachsenen Graben und gingen schräg über den Weg zum Tor.
„Ich nenne es nur so für mich das Hexenhaus", erklärte Helen unterwegs. „Eine Art Geheimname. Es sieht ein wenig wie in einem Märchen aus, so am Rand des Waldes."
„Ich versteh schon, was du meinst", sagte Bob. „Aber du hältst jetzt besser den Mund über Hexen", fuhr er gutgelaunt fort, „sie ist nämlich im Garten. Hallo", rief er.
Mrs. Whitcroft richtete sich aus dem Blumenbeet auf, ihr rosa Gesicht war noch etwas rosaner als sonst. Sie sah äußerst unhexisch aus. Ob sie uns wohl gehört hat, dachte Bob. Würde mich gar nicht wundern; wahrscheinlich würde es ihr nichts ausmachen.
„Alle Welt ist heute bei der Gartenarbeit", sagte er.
„Nun, nicht ganz", antwortete Mrs. Whitcroft. „Ich wüßte da schon einige, die es nicht sind. Hallo, Tom.

Gehe ich recht in der Annahme, daß jetzt die Zeit für ein Täßchen Tee gekommen ist? Wer ist das?"
„Oh, Entschuldigung. Helen Somerset – das ist Mrs. Whitcroft." Er hoffte, daß er die Namen für eine förmliche Vorstellung in der richtigen Reihenfolge genannt hatte.
„Ach, Sie sind Mrs. Whitcroft", sagte Helen mit gelinder Überraschung und, wie Bob spürte, auch ein wenig Erleichterung. „Ich habe Sie in der Kirche gesehen." Er fragte sich, ob die Erleichterung nicht daher kam, daß doch ein bißchen Angst zerstreut war: Hexen gingen nicht in die Kirche, natürlich.
Mrs Whitcroft musterte Helen mit offenkundiger Billigung. „Ja, ich habe dich auch schon gesehen. Du wirst die Cellistin sein", sagte sie zu Bobs und Helens beiderseitiger Überraschung. „Hallo."
„Ja, stimmt", sagte Helen und unterdrückte den schrecklichen Drang zu sagen, daß sie nicht sehr gut spielte. „Hallo."
Bob ächzte innerlich. Ein prachtvoller Auftakt, dachte er. Jetzt muß sie ja denken, daß ich über sie gesprochen habe (und darüber, was für eine elende Musikerin sie ist, wahrscheinlich). Warum schien die alte Dame auch nie etwas vergessen zu können? Er war sicher, daß er Helen ihr gegenüber nur einmal erwähnt hatte; oder allerhöchstens zweimal.
„Na, kommt rein", sagte Mrs. Whitcroft. „Es wird Zeit, daß ich ein Päuschen einlege."
Und bitte zwingen Sie mich nicht, es zu sagen, flehte Bob mit aller Inbrunst hinter dem weißen Kopf, als sie

den Pfad zur Haustür entlanggingen, bitte, fragen Sie mich nicht, ob sie gut Cello spielt. Das Entnervendste an Mrs. Whitcroft war, so hatte er schon vor langer Zeit beschlossen, daß man mit weniger als der Wahrheit nie davonkam. Versuchte man es, dann sah sie einen bloß ganz still an, bis man sich etwa einen Zentimeter groß fühlte und ein offenes Geständnis ablegen mußte. Doch andererseits, räumte er ein, hatte sie ihn nur höchst selten derart in die Klemme gebracht, und nie (bislang wenigstens) vor anderen.

Diese Überlegungen wurden von Sally unterbrochen, die unterwegs stehengeblieben war, um den Graben zu inspizieren, und die jetzt erschien, um alle drei herumsprang und sich dann durch die offene Tür vordrängte.

„Ungehobeltes Untier", sagte er.

Mrs. Whitcroft führte sie durch einen kurzen Flur und dann in ein kleines Wohnzimmer.

„Setz dich, Helen. Dir brauche ich das ja nicht zu sagen, Tom. Ich stell das Wasser auf." Sie ging hinaus, und sie hörten das Wasserrauschen in der Küche.

„Brauchen Sie Hilfe?" rief Bob.

„Ich schaff's schon, danke. Unterhalte du nur unseren Gast."

Helen blickte sich neugierig in dem ordentlichen Zimmer um.

„Du suchst wohl den Hexenkessel?" fragte Bob sie mit einem Grinsen.

„Pssst ... warum nennt sie dich Tom?" fragte Helen flüsternd.

„Laß mal", sagte Bob laut, weil er die Heimlichtuerei

nicht mochte, "wir sitzen jetzt nicht in der Kirche. Vermutlich, weil das mein Name ist."
"Ich dachte, dein Name wäre Bob."
"Ist er ja auch. Thomas ist mein zweiter Vorname."
"Aber warum gebraucht sie ihn?"
"Jetzt hast du mich. Er ist da, um gebraucht zu werden, sagt sie. Hast du denn keinen zweiten Vornamen?"
"Doch", sagte Helen, und um der unvermeidlichen Frage vorzubeugen, fügte sie rasch hinzu: "Aber den werde ich dir nicht verraten."
Bob stöhnte theatralisch auf und nahm den Kopf in die Hände. "Wahrscheinlich lautet er Lavinia oder Dorcas", sagte er verzweifelt.
"O nein, viel schlimmer."
"Was?" erkundigte sich Mrs. Whitcroft, als sie mit einem Teller selbstgemachter Rosinenbrötchen zurückkam.
"Mein zweiter Vorname", erklärte Helen. "Den halte ich geheim."
"Sehr gescheit. Auch viel sicherer. Brötchen gefällig?" Sie bot sie an. "Tut mir leid, ich hätte dir einen Teller geben sollen."
"Macht doch nichts. Danke"
"Tom? – nein, die Damen zuerst. Wo steckt Sally?" Der Spaniel saß schon hoffnungsvoll hochblickend und schwanzwedelnd bei Mrs. Whitcrofts Füßen.
"Macht sie Männchen?" fragte Helen.
"Natürlich nicht", erwiderte Bob streng. "Sie ist eine Dame."
Sally nahm das angebotene Stück geziert zwischen die

Zähne, so als wolle sie die Richtigkeit dieser Bezeichnung bestätigen. Doch dann verdarb sie die Wirkung ziemlich, indem sie den Kopf zurückwarf und es unzerkaut in einem Happs verschluckte.
„Sie wird nochmal daran ersticken", meinte Bob.
„Nein, wird sie nicht", sagte Helen, „sie ist eine Dame."

Eine dreiviertel Stunde später hatten sie die Gesprächsthemen über die Tischmanieren der Hunde, das bemerkenswert schöne und trockene Wetter und seine Auswirkungen auf die Gärten, Helens erste Eindrücke von ihrer neuen Umgebung und die relativen Vorzüge des Wohnens in der Stadt und auf dem Lande ausgeschöpft.
„Wir machen uns jetzt besser auf die Socken", sagte Bob schließlich und schaute auf seine Uhr. „Sally fängt an, etwas unruhig zu werden." Er dachte an den eigentlichen Zweck seines Besuches. „Kann ich irgendwas für Sie erledigen?"
„Nein, ich glaube nicht, dank dir. Nichts, was nicht ein wenig warten könnte", sagte Mrs. Whitcroft mit einem Lächeln.
„Wie Sie meinen", sagte Bob und leerte seine dritte Tasse Tee. Er überlegte einen Moment. „Da war etwas, das ich Sie fragen wollte", sagte er zu Mrs. Whitcroft. „Was war das doch bloß noch?" Während die anderen schweigend warteten, durchforschte er sein Gedächtnis. „Irgendwas mit dem Weißdornbaum auf dem Hügel, glaube ich. Ich war da gestern abend oben." Seine Erin-

nerung daran, was er dort eigentlich getan hatte, war unerklärlich verschwommen, und er empfand dies als beunruhigend. „Nein, es ist weg."
„Dann kann es nicht sehr wichtig gewesen sein", sagte Helen. Doch Mrs. Whitcroft blickte recht ernst drein: vielleicht sogar besorgt.
„Du gehst ziemlich oft dort hoch, nicht wahr?" fragte sie.
„Och – ab und zu." Bob fiel ihre sonderbare Stimmung auf, und er sagte: „Wieso? Macht das was?"
„Es ist – na, es ist eben ein Ort", sagte die alte Dame beinahe wie im Selbstgespräch.
„Ja, das scheint mir auch so", sagte Bob idiotischerweise und fragte sich, wovon um alles in der Welt sie bloß redeten.
„Du mußt ein bißchen aufpassen..."
Mrs. Whitcroft verstummte und schüttelte beinahe sichtbar ab, was immer sie bedrückt haben mochte. (Oder bilde ich mir das nur ein, wunderte sich Bob. Ich werde Helen fragen, ob sie es bemerkt hat.)
„Ach, hör nicht auf mich", sagte sie und lächelte plötzlich ganz alltäglich. „Nein, es macht überhaupt nichts. Trotzdem... nein. Es ist nicht wichtig." Bob spürte die Endgültigkeit, obwohl er noch immer ein wenig neugierig war.
„Also, dann", sagte er und traf Anstalten zum Aufbruch.
„Ihr werdet jetzt los wollen", sagte Mrs. Whitcroft und scheuchte sie hinaus.
„Sollen wir nicht rasch abwaschen?" fragte Helen.

„Was, die paar Sachen? Nein, keine Sorge. Das dauert nur eine Minute. Aber danke für das Angebot. Komm ruhig wieder vorbei, wenn du Lust hast. Du brauchst nicht erst auf eine Einladung zu warten oder darauf, daß Tom dich mitbringt."
„Danke für den Tee", sagte Helen. „Und für die Brötchen."
„Du bist mir jederzeit willkommen." Aus dem Mund der alten Dame klang die gewöhnliche Redensart ehrlich.

Bob und Helen gingen den Weg hinunter, zurück zum Dorf.
„Ich finde sie sehr nett", sagte Helen.
„Du hast auch ziemlich Eindruck gemacht. Das mit dem Abwaschen hat ihr gefallen." Es entstand eine Pause. Dann fügte er hinzu: „Ist dir irgend etwas aufgefallen – kurz vor unserem Aufbruch?"
Helen überlegte kurz. „Das mit dem Ort?"
„Also doch. Das meine ich mit – mit ein wenig merkwürdig sein. So als wäre sie als einzige in irgend etwas eingeweiht, worüber sonst niemand Bescheid weiß."
„Du siehst Gespenster." Helen klang nicht sonderlich überzeugt davon.
„Möglich." (Aber du hast beinahe zugegeben, auch Gespenster zu sehen). „Na schön", fuhr er das Thema wechselnd fort, „sie hat ja sowieso gemeint, es sei egal."
Aber er hatte noch immer ein ungutes Gefühl wegen der ganzen Sache.

Vier

Die Junitage verstrichen, einer so wolkenlos wie sein Vorgänger. Unter der Woche bekam Bob Helen kaum zu Gesicht, und er war froh, daß es sich so ergab, denn er zog es vor, den Freitag abzuwarten; und ohne Hast oder Säumen (welches ihm beides, je nach seinen verschiedenen Stimmungen, willkommen gewesen wäre) kam der Freitag und Freitagabend und eine neue Telemannprobe.
„Und übrigens, Robert", sagte Miss Kinross, „deine Harmonielehrearbeit diese Woche."
Bob, der seine Flöte auseinandernahm, blickte auf. Die Stimme wirkte sogar noch sauertöpfischer als gewöhnlich.

„Die äußere Form war mangelhaft." Bob hatte keinen blassen Dunst, und seine Verwirrung muß ihm deutlich vom Gesicht abzulesen gewesen sein. Was um Himmels willen meinte sie denn?

„Auf der Rückseite des Blatts stand eine Menge abscheuliches Zeug hingekritzelt. Ich möchte so was nicht sehen."

Er lachte beinahe, was verheerend gewesen wäre. Miss Kinross hatte es so gesagt, als hätte er das Blatt mit irgendwelchen abstoßenden Obszönitäten bedeckt. Es mußte einer seiner Versuche von der vergangenen Woche gewesen sein, seine Melodie aufzuschreiben, vermutete er. Normalerweise achtete er sorgfältig darauf, seine eigenen Kompositionsversuche der Musiklehrerin nicht unter die Augen kommen zu lassen; aber so verwerflich war dieses Versehen nun doch wirklich nicht.

Sie erwartete offenkundig eine Art Entschuldigung. Gut, soll sie sie haben: es würde ihm nicht schaden und vielleicht helfen, den gefährdeten Frieden zwischen ihnen zu bewahren.

„Entschuldigung, Miss Kinross. Ich hatte versucht, etwas zu komponieren –" (und das war nicht ganz zutreffend: er hatte es schon fertig komponiert; aber lassen wir es so hingehen) –„und muß das Blatt aus Versehen benutzt haben."

„Du solltest dich besser auf das konzentrieren, was von dir verlangt wird. Ich erwarte, daß du deine Arbeit mit der entsprechenden Sorgfalt erledigst."

Heute abend würgt sie mir aber tüchtig eine rein,

dachte Bob. Möchte nur mal wissen, warum. (Und Miss Kinross wußte es ebensowenig: bloß, daß sie die bruchstückhafte Notation unerklärlich aus der Fassung gebracht hatte. Doch wie konnte sie das sagen?) Bob fand seine eigene Erklärung: es war typisch, natürlich. Weil sie in der Harmonie keinen Fehler entdecken konnte, mußte sie statt dessen eben etwas anderes kritisieren.

„Also, ich glaube, wir sollten nächste Woche besser noch eine zusätzliche Probe einlegen", sagte die Musiklehrerin schwungvoll und bewußt das Thema wechselnd. „Mal sehen ... am Donnerstag? Dann können wir zweimal ordentlich zusammen daran arbeiten."

„Bedaure", sagte Bob. „Chorprobe."

Miss Kinross glaubte eindeutig, daß er es absichtlich getan hatte. „Schön, dann Montag. Helen, geht das bei dir, meine Liebe?"

„Ja, ich denke doch."

„Robert?"

„Geht in Ordnung." Wir hätten letzte Woche auch eine machen können, dachte er, wenn Sie geruht hätten, auf mich zu hören.

Sie überließen den Musiksaal dem Jungen Mozart. Im Korridor gelang es Robert, Helen ein wenig von Miss Kinross abzusondern.

„Es regnet nicht", sagte er laut und fragte sich, ob sie wußte, was er damit meinte; doch sie sagte nur: „Nein", und für den Augenblick mußte er sich damit zufriedengeben. Sie traten in den warmen Abend hinaus.

„Komm, Helen", sagte Miss Kinross und stolzierte zu ihrem Wagen.
„Oh ... also ... ich wollte heute abend eigentlich nach Hause laufen, danke. Es ist ein wunderschöner Abend", setzte sie verteidigend hinzu. Die Musiklehrerin starrte, und Helen lief rot an. Laß sie in Ruhe, alte Krähe, dachte Bob wütend.
Und dann gab sich Miss Kinross zu seinem äußersten Erstaunen einem sentimentalen und, wie er fand, irgendwie widerwärtigen Lächeln hin. Sie wird doch hoffentlich nicht „Gott segne euch, meine Kinder" sagen, dachte er entsetzt; aber sie sagte nur: „Na schön. Gute Nacht, dann. Denk an Montag."
Diesmal hatte sie ihren Schlüssel gleich parat, und sie mußten die langwierige Suche danach nicht erdulden. Sie stieg in ihren Wagen und fuhr mit einem beinahe freundlichen Winken davon, während Bob ihr ungläubig hinterherstarrte.
„Also, verflucht will ich sein", sagte er schließlich. „Das hätte ich bei ihr nicht für möglich gehalten."
„Du sollst nicht fluchen."
„Entschuldigung. Ich fand das ziemlich harmlos."
„Ich nicht."
„Entschuldigung."
„Sie ist nämlich gar nicht so übel", sagte Helen, als sie über den Hof gingen.
„Fast hätt ich dir's geglaubt. Vielleicht ist sie ja richtig für dich. Ich würde, glaube ich, mit einem Musiklehrer besser zurechtkommen. Mit so jemand wie dem alten Denison, zum Beispiel."

„Ach, der, der immer Leute umfährt!"
„Ach, komm, so schlimm war's nicht. Es war sowieso meine Schuld. Bist du ihm noch nicht über den Weg gelaufen? Er ist unser Englischlehrer." Die Schule war theoretisch eine Gemeinschaftsschule, doch mit der Praxis war es nicht sehr weit her. Man hatte das ursprüngliche Jungengymnasium schlicht und einfach dadurch umgewandelt, daß man nebenan noch einen Block für die Mädchen hinsetzte, aber die Klassen waren noch immer streng getrennt, und es gab zwei mehr oder weniger separate Lehrerkollegien.
„Ist er gut?"
„Ziemlich gut. Er weiß wenigstens, wovon er redet, und ist darauf vorbereitet, die Sachen zu diskutieren, anstatt bloß die Regeln aufzustellen."
„Ich hätte gedacht, sie müßte dich mögen." Helen war noch immer beim Thema Miss Kinross.
„Was, weil ich die Berliner Mauer übersprungen habe, meinst du?" Bob war, abgesehen von den ersten zwei Klassen, der einzige Junge, der Musikunterricht nahm, und dazu mußte er zu Miss Kinross gehen. Musik war ein ziemliches Luxusfach und galt allgemein immer noch als vorwiegend weibliche Tätigkeit, soviel dazu.
„Sollte sie eigentlich auch, angesichts dessen, was ich zu leiden habe, aber sie tut es nicht, da hast du's. Ich glaube, sie fürchtet sich vor mir."
„Sich fürchten?" Helen klang ungläubig. „Ja, aber wieso denn?"
Bob wünschte, er hätte die Bemerkung nicht gemacht, obwohl er immer noch glaubte, daß sie richtig sei.

„Oh, ich weiß nicht – ist bloß so ein Gefühl von mir."
Sie kamen aus dem Tor.
„Wie steht's mit deinem Rad?" fragte Helen plötzlich.
„Willst du es nicht mitnehmen? Ich warte solange."
„Nein, ich denke, ich lasse es hier. Es ist gut abgeschlossen – bis morgen geht es schon. Diese Schieberei ist einfach lästig."
Sie gingen schweigend die stille High Street entlang, während Bob verzweifelt nach etwas suchte, was er sagen konnte. Beim Crookston Juwel-Kino kaute eine desillusionierte Platzanweiserin Kaugummi und fegte müde Zigarettenkippen und Bonbonpapiere aus dem Foyer in den Rinnstein.
Bobs Blick streifte die Plakate.
„Heh", sagte er, „nächste Woche gibt's *Duck Soup.*"
„Was ist das?" fragte Helen erleichtert, einen Gesprächsstoff gefunden zu haben.
„Ein Marx-Brothers-Film – der über das College, glaube ich. Nein, doch nicht, das ist *Horse Feathers* – der hier muß von der Revolution handeln."
„Sollen die komisch sein, oder so was?"
„Komisch!" sagte Bob in gespieltem Entsetzen. „Das ist etwa so, als würde man fragen, ob Beethoven so eine Art Klavierspieler war oder was in der Richtung. Hast du die denn nie gesehen?"
„Ich glaube nicht. Es sei denn, sie kamen im Fernsehen und ich hab's vergessen."
So eine Chance durfte er sich einfach nicht entgehen lassen. Ohne erst groß zu überlegen, sagte er: „Warum gehst du nicht mit mir hin? Er läuft nur bis Mittwoch.

Wie wär's mit Montag – nein, da haben wir ja Probe. Dann Dienstag: was ist mit Dienstag?"
„Ich weiß nicht." Sie war unentschieden. „Unter der Woche sollte ich abends eigentlich nicht ausgehen."
„Ach komm. Du wirst mir doch nicht weismachen wollen, daß ihr zu dieser Jahreszeit Hausaufgaben aufhabt?"
„Nicht viel. Ich weiß aber nicht, ob es mir Dad erlauben würde."
„Fragen könntest du ja."
„Naja ... also gut", beschloß sie. „Ich werde fragen. Mehr als Nein sagen kann er nicht."
„Oder Ja." Bob jubelte innerlich. Ein Punkt für mich, dachte er.
Sie liefen auf die Kreuzung zu.
„Wo gehst du denn hin?" Helen war nach rechts gebogen, der Hauptstraße folgend. „Ist das nicht der richtige Weg?" fragte sie überrascht. „Das ist die Strecke, die der Bus fährt."
„Der andere Weg ist hübscher", sagte Bob und wies über die Straße. Und kürzer auch, dachte er mit Bedauern; aber man konnte eben nicht alles haben. Sie schien noch immer unsicher. „Keine Bange", fuhr er fort, „ich verspreche, daß mir nicht das Benzin ausgeht."
Sie lachte und sie überquerten diagonal die Straße, in Richtung auf den Weg durch den Wald.
„Es bleibt jetzt noch lange hell", sagte sie.
„Gehört sich auch so", erläuterte Bob. „So um diesen Dreh herum muß irgendwann der längste Tag sein. Ich behalte nie, wann genau das ist."

Doch unter den Bäumen hatte sich das Zwielicht gelagert, und Helen blickte sich ziemlich oft um. Sie nahm eine Bewegung im Gebüsch wahr und machte einen kleinen Satz.
„Oh, ein Hund", sagte sie.
Bob drehte sich nach der Stelle um. „Das war keiner."
Er schnüffelte. „Riechst du das denn nicht?"
Helen prüfte behutsam die Luft. „Nein", sagte sie.
„Was war es denn, wenn es kein Hund war?"
„Ein Fuchs."
Sie schaute ihn ungläubig an, argwöhnte eine neue Räubergeschichte.
„War es nicht! Kann es gar nicht gewesen sein. Sie kommen nicht so nah an die Häuser. Sie leben weit draußen auf dem Land."
„Na und, wir sind weit draußen auf dem Land. Die scheren sich ohnehin nicht um Häuser. Ich habe mitten in Bristol einen Fuchs gesehen. Er kam an und kuckte durch die Verandatüren herein, und dann verschlang er das Brot und die Milch für die Igel."
„Das glaube ich nicht."
„Tatsache", sagte Bob. „Ehrlich."
„Was hast du denn überhaupt in Bristol gemacht?"
„Füchse ausgespäht. Ein uralter Sport. Bristol ist jetzt die einzige Stadt in England, die voller ausgespähter Füchse ist. Außerdem habe ich da auch eine Tante", fügte er gleichsam als Nachtrag hinzu.
„Ich halte das trotzdem für eine pure Erfindung von dir", sagte Helen. „In Leeds hatten wir nie welche – oder zumindest habe ich nie welche gesehen."

„Tanten?"
„Füchse."
„Oh."
Nach einer Weile sagte er: „Wie war das – Leeds, meine ich?" Plötzlich war er eifersüchtig auf all die Menschen, die sie länger gekannt hatten als er.
„Nicht übel, denke ich. Wenig los."
„Was, in einer Stadt?"
„Naja, ein bißchen was schon..." Sie würde keinesfalls zugeben, daß man ihr nicht sehr viele Unternehmungen erlaubt hatte: jedenfalls keine auf eigene Faust. „Aber hier gefällt's mir besser."
Bob freute sich über die Bemerkung, obwohl er sich hütete, mehr darin zu lesen, als gemeint war.
„Gab's da viele Fledermäuse?" erkundigte er sich beiläufig.
„Fledermäuse! Wo?" Sie war alarmiert und fuhr sich in heller Panik ins Haar, drückte es fest an den Kopf. „Warum hast du mir das nicht eher gesagt?"
Er lachte. „Keine Sorge, sie werden sich nicht in dir verheddern. Keine Ahnung, wer diese Geschichte aufgebracht hat, aber sie stimmt nicht. Die bleiben hübsch auf Abstand. Das tun sie immer. Sie machen das mit Radar." Gab er sich nicht ein bißchen zu kenntnisreich und belehrend?
Helen wies ihn auch prompt zurecht. „Nein, das tun sie nicht. Man nennt es Sonar."
„Ach, wirklich?" Bob zeigte sich von dieser Bemerkung beeindruckt. „Wenn schon", fügte er hinzu, als sie ins Freie traten, „sie bleiben unter den Bäumen."

Das Abendlicht verwandelte erneut das Land. Die Felder strahlten mit einem inneren Glanz.
„Oh, jetzt weiß ich, wo wir sind", sagte Helen. „Da drüben habe ich dich am Samstag getroffen; und dort wohnt deine Mrs. Whitgift –"
„Whitcroft."
„Ja. Whitcroft."
„Auf mich kann man sich echt verlassen", meinte Bob. „Ich hab dir doch gesagt, daß mir das Benzin nicht ausgehen wird. Und", fügte er hinzu, „ich bin Tierfreund und kinderlieb."
„Also, eine Person kenne ich, der du nicht gefällst."
„Wer ist das?" Doch bestimmt nicht sie? Sie konnte doch nicht beschlossen haben, daß sie ihn nicht mochte: noch nicht.
„Miss Kinross natürlich."
„Ach, die." Seine Erleichterung zeigte ihm, wie lächerlich seine Bestürzung gewesen war.
„Worüber war sie heute abend so genervt? Das hörte sich ja schlimm an."
„Ach, es ging nur um einen Kompositionsversuch von mir." Er hatte die ganze Affaire beinahe vergessen und es widerstrebte ihm, das alles wieder aufzuwühlen. Doch Helen ließ nicht locker.
„Was denn für einer?"
„Bloß eine Melodie."
„Na und, warum war sie dann so wütend? Erzähl's mir."
Er mußte es ihr jetzt erzählen, entschied er. Es klänge absurd zu sagen, daß er nicht darüber sprechen wolle

(was der Wahrheit entsprach); und außerdem gab es da ja sowieso nicht viel zu erzählen.
„Es war vergangenen Freitagabend", sagte er. „Das hier ist mein üblicher Nachhauseweg. Ich stieg auf den Hügel da drüben." Er zeigte auf den Weißdorn. „Ich setzte mich hin, und dann kam mir diese Melodie irgendwie in den Sinn, und zu Hause versuchte ich, sie dann aufzuschreiben. Doch es klappte nicht." Er hoffte, es hatte nebensächlich genug geklungen, obwohl er bei der Erinnerung kurz eine Gänsehaut bekommen hatte. „Ich konnte es irgendwie nicht richtig hinkriegen."
„Was, etwas, das du dir selbst ausgedacht hast?"
„Blöd, nicht?" stimmte Bob zu. „Ich hab's dann schließlich aufgegeben. Ich muß wohl ein Stück Papier, auf dem ich versucht habe, es aufzuschreiben, für die Harmoniearbeit benutzt haben, und dieser alten – ich wollte sagen, unserer verehrten und heißgeliebten Musiklehrerin, hat es nicht gepaßt."
„Ist das alles?"
„Das ist alles. Weiß der Himmel, warum sie so gekocht hat deswegen. Ich hab ja gesagt, sie mag mich nicht."
Unterwegs betrachtete Helen den Weißdorn-Hügel.
„Laß uns da hochgehen", sagte sie plötzlich.
Bob war nicht scharf darauf. Er empfand sogar eine starke Abneigung, nur in die Nähe des Hügels mit seinem Baum zu kommen. Er entsann sich, wie er letzte Woche gerannt war, und gestand sich das erste Mal ein, daß es Angst gewesen war sowie die Befürchtung, die Melodie zu vergessen.

„Das Gras wird feucht sein", sagte er wenig überzeugend, und dachte dabei: natürlich wird es das nicht sein, es hat seit Wochen nicht mehr geregnet. Oh, diese faulen Ausreden!
„Macht nichts." Helen hatte das für bare Münze genommen, registrierte er mit Erleichterung. Aber er mußte es nochmal versuchen.
„Es wird spät. Es ist fast dunkel."
„Warum willst du nicht hingehen?" Sie hatte es doch gemerkt; aber sie ließ ihm keine Zeit zu antworten. „Sei nicht gemein. Ich möchte da hochgehen. Ich gehe sonst alleine hin."
Er gab nach. Was sprach denn schon dagegen? Nichts, soweit er sehen konnte. Er mußte wirklich achtgeben, sonst würde er tatsächlich noch anfangen überzuschnappen. Der Hügel zog sie, und das Gehen fiel leicht.
„Also gut, wenn du mußt." Er hatte nicht so ungnädig klingen wollen. „Weiter unten am Weg ist ein Zauntritt."
„Er hat eine komische Form", sagte Helen, die noch immer den Hügel studierte. „Er ist ganz glatt und gleichmäßig – wie heißt doch das Wort? Wie in der Geometrie."
„Symmetrisch."
„Ja. Dreiecke." Bob hatte die Idee, daß sich die Überlegung etwas verdreht hatte, doch bevor ihm noch Zeit blieb, zu entscheiden, ob er versuchen sollte, sie zurechtzurücken, fuhr sie fort: „Ist er echt? Ich meine, war er einfach so da, oder hat ihn jemand gemacht?"

„Keine Ahnung. Ich glaube nicht, daß jemals jemand vermutet hat, er könnte nicht natürlich entstanden sein. Mrs. Whitcroft würde es, schätze ich, wissen. Wir können sie fragen."
Sie erreichten den Zauntritt, und Bob sprang als erster hinüber und hoffte, daß er das Richtige tat. Er wechselte den Flötenkasten in die rechte Hand und streckte Helen die linke etwas verschämt hin, als sie darüberkletterte. Sie konnte immer noch vorgeben, sie nicht zu sehen. Doch sie nahm sie, ohne zu zögern, um sich beim Herunterspringen abzustützen. Sie standen beide da und schauten zu dem Weißdornbaum hinauf.
„Also, dann komm", sagte Bob. Sie schien es nicht besonders eilig zu haben, seine Hand loszulassen, deshalb hielt er sie weiter fest. Sie war klein und warm.
Sie liefen den Hügel hoch. Ein einzelner Stern lockte, flickerte zwischen den stillen Blättern, und ihre Füße machten im Gras kein Geräusch.

Fünf

Auf dem Hang des Hügels ließ sie seine Hand fallen, wandte sich um und blickte zurück.
„Es ist noch ziemlich hell hier oben. Die Sonne ist noch nicht mal richtig untergegangen. Du hast aber doch gesagt, es wäre fast dunkel."
„Na, ist es ja auch, da unten." Bob wies hügelabwärts. Das Tal lag tatsächlich im tiefen Schatten, viel dunkler, als er vermutet hatte, und der Zauntritt in der Hecke war in der Düsterkeit kaum zu erkennen. Es hatte fast den Anschein, als wäre sein halbherziger Protest doch

gerechtfertigt gewesen. Das Tal des Schattens. Er schauderte unwillkürlich.

„Es wird etwas kühl", sagte er, um sich ein Alibi zu geben.

„Findest du?" Sie beachtete ihn nicht wirklich; und außerdem waren sie aus dem Tal des Schattens heraufgestiegen. Doch das, stellte er finster fest, war es, was ihm irgendwie Sorgen bereitete.

„Egal, jedenfalls ist das hier der schnellere Weg", sagte Helen praktisch veranlagt, und mit einiger Anstrengung nahm er sich zusammen. „Wir können geradeaus weiter den Hügel hinabgehen, nicht wahr, ohne umzukehren und den Bogen machen zu müssen, den der Weg nimmt?"

„Daran hab ich gar nicht gedacht", murmelte Bob wahrheitsgemäß. „Normalerweise muß ich sowieso immer zurückgehen, wegen meinem Rad." Die Äußerung verriet, wie häufig er hier heraufkam, aber sie schien es nicht bemerkt zu haben. Zumindest entgegnete sie nichts darauf.

Er setzte sich unter den Baum und wünschte sogleich, es nicht getan zu haben. Jetzt würde er nicht so nebenher fortgehen können: das würde eine eindeutige Handlung erfordern. Er wollte eben wieder aufstehen, da sagte Helen:

„Ist das Gras naß?" Die Stimme klang unschuldig: ein bißchen zu unschuldig? überlegte er, aber Ironie konnte er nicht entdecken. Er war ein gut Teil zu empfindlich.

„Nein", antwortete er knapp, und dann fügte er, um die

Einsilbigkeit zu mildern, hinzu: „Ich dachte, es könnte Tau geben."
Sie prüfte den Rasen mit ihrer Hand und setzte sich ein paar Fuß von ihm entfernt hin. Sie schauten auf das Dorf hinab, während die Sonne unter den Horizont sank. Bob fühlte sich ruhelos und unwohl. Er wollte von diesem Ort verschwinden, aber es war eine Ehrensache, daß er nicht den ersten Schritt dazu tun würde.
„Komponierst du viel?" fragte Helen so plötzlich, daß er aufschreckte.
„Ein wenig. Ich glaube, das meiste davon taugt nicht viel." Er hoffte, daß es nicht nach falscher Bescheidenheit klang: er war sicher, daß es stimmte. „Einiges ist vermutlich nicht schlecht."
„Was ist mit dieser Melodie von dir? Hältst du sie für gut?"
Sie ist so gut, dachte er, daß es mir schon Sorgen macht; doch das konnte er nicht sagen.
„Das ist das Beste, was ich bisher gemacht habe." Das war ehrlich und unverfänglich.
„Wofür ist sie überhaupt?"
Er wünschte, sie würde das Thema ruhen lassen, aber er konnte nichts tun. „Was meinst du?"
„Worauf spielst du sie? Flöte? Oder hat sie Worte, oder was?"
„Oh, ja, Flöte." Er versuchte, die Unterhaltung wieder auf ihren früheren Ton zurückzuführen und setzte mit einem Grinsen hinzu: „Ich könnte ja vielleicht eine Cellostimme schreiben – eine leichte."
„Ekel!"

„Vermutlich werd ich's aber doch nicht tun", sagte er etwas ernster. „Das scheint mir eigentlich überflüssig."
„Und wann wirst du sie fertigmachen? Du könntest sie beim Konzert spielen."
„Ich kann mir nicht vorstellen, daß mir das unsere Griselda erlaubt. Außerdem ist sie sowieso schon fertig. Ich hab's dir ja erzählt – ich kann sie nur einfach nicht richtig aufschreiben."
„Spiel sie mir vor", verlangte sie, und er hatte die Empfindung, an dem Punkt angekommen zu sein, dem der ganze Abend zugestrebt war, und den er zu vermeiden versucht hatte.
„Ach, es lohnt nicht", sagte er und bemühte sich, beiläufig zu klingen, während ihm eine innere Stimme stumm zuschrie: Nein! Nicht jetzt, nicht *hier!*
„Mach schon. Bitte. Ich möchte es gern hören."
Warum mußte sie sich ausgerechnet diesen Augenblick und diesen Ort aussuchen, um romantisch zu werden und bei Sonnenuntergang ein Ständchen zu wünschen? Er merkte, daß er den Flötenkasten schon geöffnet hatte, ohne sich dessen recht bewußt zu sein. Und warum solltest du nicht spielen, knurrte er sich zu, wenn es doch das ist, was sie möchte. Er beobachtete seine Finger, wie sie die Flöte zusammensetzten, und sagte sich, daß er sich noch immer anders entschließen konnte, noch war es nicht zu spät. Aber er konnte keinen logischen Grund dafür finden, jetzt aufzuhören, nur jenen kleinen, winselnden Teil von sich, der Angst hatte, der die Nerven verloren hatte.
„Mach schon", sagte Helen wieder, und er erstickte das

Gewinsel. Es gab nur einen Weg, diese Sache zu beenden, entschied er, und er würde ihn beschreiten; doch insgeheim wußte er, daß dies nicht seine Entscheidung gewesen war. Er stand auf.
„Im Sitzen kann ich nicht vernünftig atmen", erklärte er.
Er setzte das Instrument an die Lippen und blies hinein. Die ersten Noten stahlen sich in die Luft, und die Felder erwachten zum Leben. Ja. Hier und Jetzt. Dies war so unaussprechlich richtig, so zufriedenstellend passend wie ein geometrischer Beweis. Er war sich bewußt, daß er das Geschehen nicht völlig unter Kontrolle hatte, und plötzliche Panik ergriff ihn. Was, wenn er nicht aufhören konnte?
Abrupt riß er sich die Flöte mitten im Spiel von den Lippen.
„Das ist super", sagte Helen, mit strahlendem Gesicht. „Spiel es nochmal."
„Das war erst der Anfang." Seine Stimme kam von weit her. „Es geht noch weiter."
Er konnte die Musik wieder hören, lauter als das letzte Mal. Er hob die Flöte, lauschte einen Moment und stimmte ein, verstärkte den Zug des Ganzen. Der Baum war erfüllt von der Melodie, die in den Himmel stieg.
Helen war hingerissen, als sie die Melodie so überströmend voll hörte. Was ist das? fragte Bobs Verstand, und die Frage ertrank in den Noten. Helen sprang auf die Beine.
„Nicht aufhören. Ich will tanzen!" Und sie tat es, bewegte sich sanft um den Weißdorn herum, anmutig

und langsam, webte einen Kreis über das Gras. Der Tanz wurde die Musik, nicht etwas, was Helen gleichzeitig tat, sondern die sichtbar gemachte, auf eine andere Art ausgedrückte Musik.
Hör auf! brüllte Bobs Verstand ihm zu. Hör jetzt auf, solange du es kannst, bevor es zu spät ist. Warum? Nein! Es ist richtig so. Der Tanz. Hier. Jetzt. Ich kann nicht!
Er vermochte seinen Atem, seine Finger nicht länger zu kontrollieren, und auch sie fielen in den Tanz ein. Die Töne umgaben sie wie ein goldener Dunst, verweilten und schwollen zwischen den Blättern. Das Tempo steigerte sich, und Helen wechselte in verwickelte Schrittfolgen, die sie Flöte lehrte, schritt leichtfüßig im Kreis. Sie spannte ihre Arme aus, rufend – und sie kamen.
Zwischen der Gabel des Stammes hindurch, hervortanzend aus dem blassen Abendhimmel, so kamen sie zu ihr, lachend und singend, die Hände zum Reigen zusammenschließend. Ihre grünen Kleider wogten, hingen in der würzigen Luft wie unter klarem Wasser, formten sich nach dem Tanz. In den Nacken geworfene Köpfe, fließendes Gold- und Schwarzhaar und klingendes Lachen.
Zwölf Mädchen, so wußte er, ohne sie zählen zu müssen, zwölf und noch eines macht dreizehn im Rund, kreisten von links nach rechts, gegen den Uhrzeiger, gegen die Sonne.
Sie waren schön, während er spielte, und die weißen Blüten fielen auf ihr Haar und um die Füße. Er war ein Eindringling; dies war ihr Land, und er hatte keinen

Anteil daran, doch er war der Flötenspieler, und der Flötenspieler spielte weiter.
Die Sonne ging unter.
Allmählich, unbarmherzig schwand die Musik, so wie er es vorhergesehen und befürchtet hatte, aber noch tanzten sie, langsam jetzt und gemächlich. Die Dunkelheit wuchs, und die Tänzerinnen verschwammen, verblaßten und wurden transparent, als sie zwischen ihm und dem Baum hindurchgingen. Verzweifelt versuchte er, sie zurückzurufen, doch er gebot nicht über die Melodie, und sie wurden noch durchscheinender, wie der Nebel eines Frühlingsmorgens. Sie schwanden vor ihm dahin. Er suchte Helen und sah sie, Ewigkeiten von ihm weg, noch immer beim Tanz, lachend, das Haar werfend. Noch entfernter, unerreichbar.
Nichts. Mit der Stille senkte sich die Trostlosigkeit herab.
Er stand da und blickte mit tauben Sinnen auf die Flöte in seiner Hand. Ganz plötzlich brach im kalter Schweiß aus, und er zitterte unkontrolliert. Es ist nicht geschehen. Es kann nicht geschehen sein. Er schlief, und es war ein Traum, und bald würde er aufwachen, und alles würde in Ordnung sein.
Doch er erwachte nicht.
Er wollte rennen, aber seine Beine gehorchten ihm nicht.
„Helen!" schrie er, und auch seine Stimme bebte. „Helen!"
Keine Antwort. Das Wort hallte durch den Himmel, als stünde er in einer gewaltigen Höhle. Er war allein in

der Dunkelheit auf dem Hügel, unter dem Weißdornbaum.

Dann umfing ihn das Entsetzen von allen Seiten, und er rannte los, verfolgt von einer unvorstellbaren Furcht, stolpernd und beinahe hinstürzend. Er spürte, wie seine Füße unbeholfen über das rauhe Gras tappten, doch sie schienen weit weg und nichts mit ihm zu tun zu haben. Sein Geist klagte ihn unablässig an. Was habe ich getan? rief er unhörbar; was habe ich getan? Und dann in plötzlichem Selbstmitleid: es war nicht meine Schuld! Ich wußte es nicht. Das war nicht ich!

Wo konnte er Hilfe finden, um dies alles ungeschehen zu machen? Zu wem konnte man gehen, wem konnte man es erzählen, wer würde einem auch nur eine Minute lang glauben? Niemand. Natürlich niemand. Er mußte verrückt sein. Das war die einzig vernünftige, die einzig mögliche Erklärung. Dies war ein Wachalptraum. Halluzination. Das war es. Mußte es sein.

Aber er wagte noch immer nicht, sich umzudrehen, aus Angst vor den eingebildeten Wesen, die ihn vielleicht verfolgten.

Er befand sich auf ebener Erde, und sein Lauf war nun beherrschter, auch langsamer, denn er wurde müde. Er merkte, wie er um Atem rang, während seine Gedanken weiterhin in hoffnungsloser Sinnlosigkeit im Kreis wirbelten. Ja: es war nicht geschehen. Er war überhaupt nie mit Helen zusammen von der Schule losgegangen, hatte sie nie bei Sonnenuntergang auf den Hü-

gel hochgebracht. Es stimmte nicht. Es konnte nicht stimmen!
Es nutzte nichts. Er konnte sich zu klar an das erinnern, was dort geschehen war, in dem Kreis um den Weißdornbaum. Er hatte diese Dinge gesehen, und er wußte ebenfalls, daß er in gewisser Hinsicht für sie verantwortlich und daß er hilflos war.
„Was habe ich getan?" schrie er laut in den dunkelnden Himmel.
Er hantierte am Gartentor, noch immer so zitternd, daß er es im ersten Moment nicht entriegeln konnte. Dann stand er drinnen und fühlte sich sicherer, eine Zeitlang vor den Wesen draußen auf dem Hügel im Finstern geschützt. Er blieb stehen, um Atem zu schöpfen, und als die unmittelbare Angst von ihm wich, wuchs seine Not. Er hatte es getan, und er wußte nicht, wie er sie zurückbekommen sollte. Und in seinem Kopf behielt die heimtückische Stimme ihren nörgelnden Unterton: verrückt, du bist wahnsinnig, siehst Gespenster, du bist verrückt.
Er ging schwankend den Pfad zur Hintertür entlang. Seine Hand umklammerte noch immer die Flöte, die Finger waren weiß vom Griff. Er entspannte sie mit Mühe. Im Haus hörte er Sally wie mitfühlend winseln, und als er die Tür öffnete, schoß sie hinaus, bellte vor Freude und sprang an ihm hoch. Er bückte sich, um sie aus Gewohnheit zu streicheln, und sie leckte ihm ungestüm Gesicht und Hände.
„Hallo, Dummkopf", sagte er und rubbelte herzhaft ihre Ohren. „Wozu denn die ganze Aufregung?"

Er verhielt einen Moment, noch in der Hocke, und fragte sich, worüber er nachgedacht hatte, als er hereinkam. Er hatte so das Gefühl, daß es wichtig gewesen war. Nein; es war weg. Na, wenn es so wahnsinnig wichtig war, würde es ihm wahrscheinlich schon wieder einfallen. Die Spanielhündin stupste ihn mit der Nase an, und er gab ihr einen abschließenden Klaps, stand auf und legte seine Flöte geistesabwesend auf die Flurgarderobe.

Er ging weiter ins Wohnzimmer, wo seine Eltern fernsahen.

„Was gibt's zum Abendessen, Ma?" sagte er.

II

*Maidlein lag im Moore,
Lag im Moore,
Sieben volle Nächt',
Sieben volle Nächt',
Maidlein lag im Moore
Lag im Moore,
Sieben volle Nächt',
Und ein' Tag.*

Sechs

Die Tür war zugesperrt, und der Platz lag verlassen und still: unnatürlich still, schien es. Bob rüttelte ungeduldig an der Türklinke, in der schwachen Hoffnung, daß das ältliche Schloß vielleicht nicht richtig eingerastet war. Fehlanzeige, stellte er mit Verärgerung fest; obwohl er eigentlich nichts anderes erwartet hatte. Er umrundete den Musiksaal mit der leisen Aussicht, ein offenes Fenster zu finden. Miss Kinross war schon fast eine Frischluftfanatikerin; aber noch fanatischer war ihre Sorge, daß alles sicher abgeschlossen war, und der

Erfolg blieb ihm versagt. Eine wüste Karikatur der mit Schlüsseln und Spinnweben girlandenartig geschmückten Musiklehrerin schlüpfte ihm in den Sinn, und er grinste vor sich hin.

Es widerstrebte ihm, aufzugeben und bis Montag zu warten, deswegen suchte er nach einem Fenster, durch das sich möglicherweise hineinschauen ließ. Wußte er, wo er war, dann konnte er vielleicht die nagende Gereiztheit loswerden. Die Stille des Schulhofs wurde durch den gedämpften Verkehrslärm auf der High Street zusätzlich verstärkt. Eine Schule am Samstagmorgen, entschied er, muß eine der niederdrückendsten Erscheinungen sein, die dem zivilisierten Menschen bekannt sind.

Der Architekt hatte feste und reaktionäre Vorstellungen in bezug auf Klassenzimmerfenster besessen: sie sollten Licht hereinlassen, um so dem langmütigen Steuerzahler übertriebene Lichtrechnungen zu ersparen. Sie waren gewiß nicht dafür vorgesehen, ablenkende Ausblicke auf die umliegende Landschaft zu gewähren – nicht, daß es hier in punkto Landschaft etwa viel zu sehen gegeben hätte, dachte Bob, es sei denn, die Vorstellung von einer schönen Landschaft beinhaltete Fahrradständer sowie einen großen und undisziplinierten Haufen Colabüchsen. Aber der Architekt hatte nichtsdestotrotz an seinem Ideal festgehalten: seine Fenster zeigten den Himmel und ein Stückchen eines Baums, wo es wirklich unvermeidbar blieb. Und was unter den augenblicklich waltenden Umständen schwerer wog, sie waren zu hoch, um hineinzusehen.

Eine einsame Mülltonne stand in einer Ecke der Mauer. Was hatte eine Mülltonne draußen vor einem Musiksaal verloren? fragte sich Bob. Wer brauchte sie da? Neugierig hob er den Deckel. Offensichtlich wurde sie von überhaupt niemand gebraucht, denn sie war leer. Vielleicht besaß der Hausmeister einen subtilen Sinn für Humor mit einem Zug ins Symbolische. Deponieren Sie ihre barocken Flötensonaten hier.

Er begann, die Mülltonne zum nächsten Fenster zu zerren, ließ es wegen des nervenzerfetzenden Lärms bleiben, trug sie statt dessen an Ort und Stelle und kletterte hinauf. Er konnte jetzt hineinsehen: oder hätte es vielmehr können, wäre das Fenster ein gut Teil weniger schmutzig gewesen. Eine rasche Attacke mit seinem Taschentuch schuf Abhilfe, und er durchforschte sorgfältig das Innere des Raums. Nichts, soweit er sehen konnte. Er schien nicht dort zu sein, es sei denn, er hatte ihn auf dem Tisch gelassen, der aus diesem Blickwinkel vom Klavier halb verdeckt wurde. Das wäre eine Möglichkeit. Er dachte nach. Nein, er konnte sich wirklich nicht daran erinnern, ihn dort hingelegt zu haben; aber schließlich konnte er sich ja auch nicht erinnern, überhaupt etwas mit diesem Mistding gemacht zu haben.

Schließlich gab er es auf, sprang von der Mülltonne und ging hinüber zum Fahrradständer. Die ganze Sache verlor allmählich jegliche Proportion, entschied er, als er das Vorhängeschloß an seinem Fahrrad aufschloß und aus dem Hof fuhr. Warum sich wegen etwas so offenkundig Trivialem dermaßen aufregen. Er ver-

suchte, die ganze Angelegenheit dem analytischen Frage-und-Antwort-Prozeß zu unterwerfen, der in der Regel so gut funktionierte.
Worüber machst du dir Sorgen?
Ich habe meinen Flötenkasten verloren.
Warum sollte dich das bekümmern?
Es ist ungeschickt, ihn nicht zu haben.
Ist das alles?
Ich kann mich nicht erinnern, was ich damit gemacht habe.
Was, wenn du ihn nicht finden kannst?
Dann muß ich eben ohne ihn auskommen.
Wie immer schrumpfte das Problem infolge des Katechismus. Es war bei allem keine Sache von großer Bedeutung und konnte gut auf die Seite geschoben werden, um dort seiner Lösung zu harren, oder auch nicht, je nachdem. Wie auch immer, da war noch etwas ... Er suchte einen Moment in seinen Gedanken und fand nichts. Na gut, das war das. Resolut unterdrückte er jeden Gedanken an die Geschichte.
Er trödelte zwischen den Heckenreihen dahin, mehr als nur halb hoffend, er werde Helen wiedertreffen, so wie vergangene Woche, obwohl er es doch nicht wirklich erwartete. In seinem Hinterkopf tanzte, kaum hörbar, eine Flötenmelodie; doch als er sie festhalten wollte, löste auch sie sich in Luft auf. Seine Gedanken liefen mit dem Fahrrad im Freilauf. Das Wetter war noch immer beinahe undenkbar schön, mit ein paar flaumigen, weißen Wolken, die müßig über den Himmel trieben. Er blickte zu dem vertrauten Hügel auf, strahlend

im Sonnenlicht, und fragte sich, warum er sich deswegen aufgeregt hatte. Ein Schatten fiel auf ihn. Sicher, da war doch etwas ... Die Wolke zog weiter, und das Sonnenlicht kehrte zurück. Die Vermenschlichung der Natur, dachte er: Mr. Denison redete dauernd davon. Zudem stimmte es auch; an schönen, sonnigen Tagen fühlte man sich tatsächlich glücklicher. Schon eine vorüberziehende Wolke konnte einen Stimmungswechsel bewirken. Shakespeare wußte alles darüber – aber andererseits wußte Shakespeare natürlich alles über praktisch alles.
Der Weißdorn winkte sanft in der Sommerbrise, und er wäre beinahe abgestiegen, um zu ihm hinaufzuklettern; aber er beschloß, daß er die Dummheiten hinter sich hatte, und daß es unreif wäre zu glauben, er müsse es beweisen. Er fuhr weiter.
Bei der Brücke hielt er an, balancierte einen Lenkstangengriff gegen den warmen Stein und saß da und betrachtete den Fluß. Er hatte ihn nie so niedrig gesehen. Er führte jetzt kaum einen Tropfen Wasser, und das zutage getretene Bett war geborsten und trocken, sah aus wie eine unfruchtbare Mondlandschaft. Die Sonne war heiß, und er verweilte eine Zeitlang, tagträumend, an nichts Besonderes denkend.
„Frohe Sommersonnenwende auch, Tom."
Er kam mit einem Ruck wieder auf die Erde und sah Mrs. Whitcroft mit einer großen Schere im Garten stehen und über die Hecke zu ihm herüberschauen. Er gab den Pedalen einen Schubs und rollte bergab auf ihr Tor zu.

„Was ist mit dem Sommer?" fragte er.
„Sommersonnenwende. Heute ist Johannistag. Hast du das nicht gewußt?"
„Hab nicht darüber nachgedacht. Aber ich glaub Ihnen auf's Wort. Na, wieder mal beim Gärtnern?"
„Ich schmiede das Eisen, solange es heiß ist. Das ist es nämlich nicht immer. Und du – so ganz alleine heute morgen?"
Bob grinste. „Nun ja, man kann nicht immer gewinnen."
„Ach, hast du das herausgefunden, so? Egal, vielleicht kannst du etwas für mich tun, wenn du nichts anderes vor hast."
Bob stieg vom Rad und lehnte es gegen den Torpfosten.
„Das hätten Sie mir ruhig schon letzte Woche sagen können."
„Man muß das Eisen schmieden, solange es heiß ist", sagte Mrs. Whitcroft. „Damit hätte ich mich bestimmt beliebt gemacht, stimmt's?"
„Wüßte nicht wieso", murmelte Bob und wußte genau, was sie meinte, und daß sie völlig recht hatte.
„Sei's drum, ich wollte es letzte Woche nicht erledigt haben." Mrs. Whitcroft wußte immer, wann sie ein Thema zu beenden hatte.
„In Ordnung." Bob verlieh seiner Stimme einen Anflug gespielter Resignation. „Sagen Sie mir die Wahrheit – ich kann sie ertragen. Was möchten Sie?"
„Meinst du, du könntest mir ein bißchen Feuerholz hacken? Ich habe im Moment keins."
Er blickte sie verblüfft an.

„Feuerholz? Bei diesem Wetter? Was wollen Sie am Johannistag mit Feuerholz?"
Mrs. Whitcroft lächelte. „Es wird bald in Strömen regnen. Ich brauche ein Feuer, um die Sachen zu trocknen. Außerdem kann es nie schaden, immer ein wenig in Reserve zu haben. Man kann nie wissen."
Was kann man nie wissen? fragte er sich. Laut sagte er: „Im Radio haben sie heute früh nichts davon erwähnt." Er musterte kritisch den Himmel. „Sieht mir auch nicht sehr danach aus, muß ich schon sagen. Doch wenn dem nun mal so ist . . ." Er konnte sich nicht erinnern, daß sich Mrs. Whitcroft jemals im Wetter getäuscht hatte.
„Oh, es wird tüchtig regnen", sagte sie zuversichtlich. „Laß einer alten Frau ihren Willen." Ihre Stimme wurde ernst. „Aber es macht wirklich nichts, wenn du was anderes zu tun hast."
In ihrer Stimme lag nicht einmal die Andeutung eines Vorwurfs.
„Oh, ich mach es", sagte Bob schnell.
„Auch wenn du denkst, daß ich anfange, ein bißchen senil zu werden?" Sie machte sich über ihn lustig, doch nicht bösartig.
„Ich laß Ihnen Ihren Willen", erklärte er und zog seine Jacke aus. „Wo ist das Hackebeilchen?"

„Reicht das?" fragte er später.
„Ausgezeichnet, Tom. Danke."
Er wischte sich den Schweiß vom Gesicht.
„Was hast du denn mit deinen Taschentuch angestellt? Du hast dich ja überall ganz schwarz gemacht."

„Oh ... Fenster geputzt. Macht nichts. Es wird sich schon rauswaschen lassen." Er wollte mit der Geschichte vom Flötenkasten nicht nochmal von vorne anfangen, und er lenkte auf etwas anderes ab.

„Wie war das mit dem, was sie letzte Woche sagten – als sie mich fragten, ob ich auf den Hügel hochginge?" Er wies mit dem Kopf auf den Weißdorn.

Ihr Gesicht umwölkte sich, und er dachte an die Wolke, die die Sonne getrübt hatte, als er den Weg herunterkam. Er wünschte, die Frage nicht gestellt zu haben. Konnte es nicht sein, daß sie doch ein wenig komisch wurde, fragte er sich – einen kleinen Tick bekam?

„Warum fragst du?" sagte sie ruhig. „Ist irgend etwas –" Sie brach ab. „Warum fragst du?" sagte sie wieder.

„Och, nur so." Er wollte das Thema los sein, sie irgendwie beruhigen. „Ich hab mich bloß gewundert – es schien mir nicht viel Sinn zu haben, das ist alles." Das mochte unter den gegebenen Umständen vielleicht nicht gerade das Taktvollste sein, was sich sagen ließ. „Ist nicht wichtig, wenn Sie nicht darüber sprechen wollen." Er zog seine Jacke wieder an und machte sich, noch immer etwas unbehaglich, auf den Rückmarsch zum Tor.

„Nein, ich glaube nicht, das ich das möchte", sagte Mrs. Whitcroft. „Jedenfalls nicht jetzt. Ich werd's dir irgendwann erzählen – wenn ich kann. Es hat noch keinen Sinn, sie tun sowieso nichts –" Sie brach erneut abrupt ab.

Wer sind „sie"? dachte Bob. Vielleicht schnappt sie

doch ein klein wenig über, so ganz allein hier draußen. Er überlegte, ob er jemand davon erzählen sollte.

„Mir geht es gut, Tom", sagte sie plötzlich mit lauter Stimme. Es war so, als hätte sie seine Gedanken gelesen. „Du brauchst dir keine Sorgen zu machen um mich."

Das letzte Wort trug eine leichte Betonung, so als gäbe es da vielleicht jemand anders, um den er sich Sorgen machen müßte. Er ging der Sache beinahe nach, doch beschloß zuletzt, sie auf sich beruhen zu lassen.

„Paß auf dich auf, Tom", sagte die alte Dame, als er ging.

„Sie auch", antwortete er und versuchte, munter und unbetroffen zu klingen und ahnte doch, daß sie den Versuch durchschaute. „Ich schau wieder bei Ihnen vorbei. Hoffentlich reicht das Holz für den Regen. Tschüß."

Er fuhr davon, heftete dieses kleine Problem zusammen mit dem anderen ab. Die alte Dame war ja schon immer etwas sonderbar gewesen, mit einer Vorliebe für geheimnisvolle Bemerkungen, die sich dann später als doch irgendwie sinnvoll herausstellten. Sie war in Ordnung. Er merkte zu seiner Überraschung, daß er diese Sicht der Dinge restlos akzeptierte. Natürlich war sie in Ordnung. Ehe er die Ecke erreichte, hatte er im Geist die Besorgnis wieder aus dem Hefter genommen und weggeworfen.

„Was um Himmels willen tust du da, Bob", fragte Mrs. Selden mit einem Entsetzen, das nur halb gespielt war. „Hast du was verloren?"
Das Schlafzimmer glich einem Trümmerhaufen. Bob lag halb unter dem Bett.
„Meinen Flötenkasten." Er tauchte luftschnappend auf. „Es fällt mir nicht ein, was ich damit gemacht habe."
„Na, ich glaube, da unten wird er wohl kaum sein, oder irre ich mich?"
„Ich hab alle wahrscheinlichen Plätze durchprobiert. Hab den ganzen Tag danach gesucht, hin und her. Du hast ihn vermutlich auch nicht gesehen?"
„Ich denke nicht." Mrs. Selden überlegte. „Nein, bestimmt nicht, ich bin sicher. Das hättest du schon zu hören bekommen, wenn ich ihn irgendwo hätte herumliegen sehen. Hast du ihn gestern abend mit nach Hause gebracht?"
„Nicht mal daran kann ich mich erinnern. Aber ich denke schon."
„Vielleicht hast du ihn in der Schule gelassen."
„Glaub ich nicht. Ich hab danach geschaut, als ich mein Rad holen ging."
„Na, vielleicht ist er dir auf dem Heimweg runtergefallen."
„Kann er aber nicht. Die Flöte habe ich doch. Ich kann doch nicht bloß den Kasten verloren haben?"
„Du brauchst gar nicht sauer auf mich zu werden", stellte Mrs. Selden klar. „Ich versuche nur zu helfen."
„Oh, entschuldige. Nein. Ich könnte ruhig mal hingehen und kucken. Wir –" Mrs. Seldens Augen-

brauen hoben sich leicht – „ich meine, ich ging über das Feld nach Hause. Vielleicht habe ich ihn da oben irgendwo gelassen. Kann mir aber nicht vorstellen, wie."
„Nimm doch Sally mit, hm?" schlug seine Mutter vor. „Sie war den ganzen Tag noch nicht draußen, bloß im Garten. Dabei könntest du dann mal nachsehen. Wenn er die ganze Nacht im Freien liegt, wird er davon auch nicht besser."
„Wenn er da irgendwo ist, dann hat er schon eine Nacht im Freien hinter sich. Ich kann ja trotzdem mal dort suchen." Er ging rasch hinaus. „Dauert nicht lange."
„Heh", rief ihm Mrs. Selden nach, „und was wird mit diesem Saustall hier?"
„Räum ich auf, wenn ich zurück bin", versprach Bob. „Los, Dummkopf", forderte er die Hündin auf. Die Tür öffnete und schloß sich.

Nach der Hitze des Tages kam der frühe Abend kühl und ruhig. Weit und breit war keine Menschenseele zu sehen, und er fühlte sich angenehm allein. König all dessen, was mein Auge überschaut, dachte er. Er rief Sally von ihrer Schnüffelerkundung in den Büschen zurück und schlenderte auf den Hügel und seinen Weißdornbaum zu.
Sie war da, natürlich, und als er sie sah, war er nicht überrascht. Er hatte es wohl gewußt, daß sie da sein würde, und aus irgendeinem Grund, den sich sein Geist weigerte zu erwägen, hatte es ihm widerstrebt, sie zu

treffen. Sie umkreiste den Baum – entgegen dem Uhrzeigersinn, sagte ihm ein kleiner und unbedeutender Teil seines Gehirns – in einer Art langsamen, trägen Tanz. Sie nahm keine Notiz von ihm, als er sich näherte.

„Hallo", sagte er und fragte sich, was er als nächstes sagen würde. Er weigerte sich, über das Wetter zu reden.

Sie sah sich nach ihm um, ausdruckslos, ohne ein Wort. Sie wollte ihn hier nicht.

Er war verwirrt, beginnender Schmerz regte sich in ihm. „Ich suche meinen Flötenkasten." Es klang lahm, wie eine im letzten Moment ausgedachte Entschuldigung für ein ungebetenes Eindringen. Er streifte umher, suchte das Gras ab, froh, daß er ihrem Blick nicht begegnen mußte. Aber warum? Was war schiefgegangen?

„Da ist er ja. Wie kommt der hier rauf?" Er spielte jetzt wie eine Figur in einem schlechten Stück, die sich selbst dem Publikum erklärt. Der Kasten lag ordentlich verschlossen am Fuß des Baumes, und er ging hin und bückte sich, um ihn aufzuheben.

„Geh weg von meinem Baum!" schrie sie. Er sah erstaunt auf. Sie hatte ihren Tanz unterbrochen und stand still und beobachtete ihn. Ihr Gesicht war grimmig. Also das verstand man unter einem „flammenden Blick".

„Was ist los mit dir?" sagte er wütend; doch er zog sich von dem Weißdorn zurück. „Was soll das heißen, dein Baum? Heute scheinen alle nicht ganz bei Trost zu

sein." Mich inbegriffen? fragte er sich selbst. Ich dachte, es wäre mein Baum.
Sie war wieder friedlich, tanzte langsam im Kreis, schloß ihn bewußt aus.
„Hast du gefragt?" sagte er plötzlich und kannte die Antwort bereits.
„Gefragt?" Das Wort kam träge, beinahe langgezogen. Sie sah ihn nicht an.
„Wegen Dienstag – der Marx-Brothers-Film. Du wolltest doch fragen."
Sie brach in ein hohes und klares Gelächter aus. Er hatte dieses Lachen vorher nicht gehört. Ihr privates Kichern war anders: heiserer, häßlicher, besser.
„Tom Selden", rief sie laut und verwandelte den Namen in Gesang. „Armer Tom Selden." Und sie lachte wieder.
„Zum Teufel!" explodierte Bob. „Vergiß es. Wo steckt bloß wieder dieser verdammte Hund?" Aber es war nicht Sallys Schuld.
Sie war am Fuß des Hügels, stand dort. Er pfiff, aber sie bewegte sich keinen Zentimeter in seine Richtung. Der Abendwind kräuselte ihr Fell, schuf die Illusion, sie zittere. Selbst der verfluchte Hund wollte nicht gehorchen. Er pfiff erneut und rief, und widerstrebend kam der Spaniel den Hügel hinauf, eine Pfote vor die andere setzend, zögernd zwischen jedem Schritt.
„Nein!" Die Stimme des Mädchens war fast ein vor Panik bebendes Kreischen. „Nimm sie weg. Ich hasse sie."
„Ich dachte, du magst Hunde", sagte Bob wild; doch er

sah ihre Augen, und die Furcht darin war echt und tief. Dies zumindest tat sie nicht bloß, um ihn zu ärgern; und er verstand es nicht.
„Nimm sie weg, nimm sie weg!"
Er war zu verletzt, um sich darum zu kümmern.
„Alles was du willst", meinte er verbittert. „Alles ganz so, wie du es willst."
Er schritt den Hügel hinunter, weg von ihr; und Sally, aus ihrem Gehorsam entlassen, sprang erleichtert davon.

Sieben

Dave Denison musterte seine Klasse und fragte sich, wie sie reagieren würde. Dies hier war immer etwas kitzelig und lief Gefahr, sich in Albernheit aufzulösen, wenn es ihm nicht gelang, wenigstens ein paar von ihnen dafür zu interessieren. Er geriet in Versuchung, es zu überspringen und statt dessen *Sir Patrick Spens* oder etwas ähnliches in der Art durchzunehmen: das barg weniger Gefahren. Er wartete, bis das leise Stimmengewirr verebbte.

„Gut. Seite siebenundzwanzig", verkündete er und brach alle Brücken hinter sich ab. *„Thomas der Reimer."* Unruhe, Seitengeraschel. „Ihr solltet das eigentlich alle schon gelesen haben, aber da ich daran keine Sekunde glaube, werde ich es für euch tun."
„Ich habe es gelesen, Sir", kam ein verborgenes und entsprechend selbstgerechtes Murmeln von hinten.
„Halt die Klappe, Williams."
„Ich habe doch gar nichts gesagt, Sir", protestierte Williams im Tonfall überraschter Unschuld.
„Na dann halt trotzdem die Klappe." Sollte er es mit Akzent versuchen? überlegte sich Mr. Denison. Nein, entschied er rasch, das hieße nun wirklich, das Unheil hofieren.

> *„Der Wahre Thomas lag am Rain,*
> *Ein Staunen tat sein Aug' da schaun;*
> *Und er sah eine Dame hold*
> *Wohl hoch zu Roß beim Eildon Baum.*

Ein Staunen" erklärte er, „meint ein Wunder. Der Eildon Baum – nun, die Eildon Hügel liegen in Schottland, im Grenzgebiet, deswegen nehme ich an, daß es sich da irgendwo zugetragen haben muß. Einigen der aufmerksameren unter euch mag es vielleicht nicht entgangen sein, daß diese Sammlung *Grenzballaden* betitelt wird." Er war sich bewußt, daß er auf die Schwülstigkeit zuschlitterte. „Ich weiß nicht genau, was für ein Baum das war. Es kann ein Apfelbaum oder vielleicht ein Weißdorn gewesen sein." Er sah Selden rasch aufblicken, so als hätten seine Worte für ihn eine besondere Bedeutung. „Beide haben magische Verbindungen, und dieser hier soll wahrscheinlich ein magischer Baum sein." Er las weiter.

> *„Ihr Kleid war von grasgrüner Seid',*
> *Ihr Mantel war von Samt so fein;*
> *Ein jede Lock' der Pferdemähn'*
> *Trug siebzig Silberglöckelein.*

Das Ganze gehört natürlich im schottischen Tieflanddialekt gelesen, aber den beherrsche ich nicht. Wenn ihr hören wollt, wie es klingen sollte, bittet doch Mr. MacGregor darum, daß er euch ein Stückchen daraus vorliest." Er unterdrückte ein Lächeln. MacGregor war der dienstälteste Mathematiklehrer, aggressiv schottisch und von der altmodischen Schule der Wissenschaftler, die behaupteten, daß die ganze Dichtkunst und alles Artverwandte, da der mathematischen Analyse, Beschreibung und des Beweises nicht zugänglich, notwendigerweise schierer Unfug und eine Verschwendung wertvoller Unterrichtszeit sei: „Geschwätz" wäre zweifellos das Wort, womit er sie beschreiben würde.
„Ich glaube nicht, daß es mit der Tatsache, daß es ‚siebzig' Silberglöcklein waren, etwas Bestimmtes auf sich hat", fuhr Mr. Denison fort. „Denkt ihr genauer darüber nach, werdet ihr sogar feststellen, daß es eine unmöglich große Zahl ist. Es geht nur darum, daß die Worte richtig klingen. Achtet nur mal auf die Assonanz der kurzen *i*'s in *siebzig Silberglöckelein*. Das klingelt einem richtig im Ohr.

*Drauf Thomas zog die Kappe ab
    Und beugte tief sich auf die Knie:
‚Heil Dir, Du Himmelskönigin,
    Auf Erden sah ich Deiner nie.'*

*‚Oh nein, Oh nein, Thomas', sie sprach,
    ‚Der Name mir gewiß nicht frommt;
Ich bin nur Elflandskönigin,
    Die hieher dich besuchen kommt.'"*

Er hielt einen Moment inne und sah auf. Dies war die Stelle, an der die Dinge außer Kontrolle geraten konnten.

„Thomas glaubt, daß diese Dame die Jungfrau Maria sein muß. Mit den Worten *‚Heil Dir'* zitiert er aus dem bekanntesten Hymnus an die Heilige Jungfrau, aus dem *Ave Maria:* Heil Dir, Maria, du Gnadenreiche." Er ließ seine Stimme so sachlich wie möglich klingen. „Aber sie sagt, sie ist die Königin der Elfen."

Gepruste aus den hinteren Bankreihen, und ein piepsiges Falsett sagte launisch: „Oh, Süßer, ich hab mein Täschchen verloren!" Dawson, unter Garantie. Die Klasse brach in schallendes Gelächter aus, und Mr. Denison stimmte mit ein. Es hatte keinen Sinn, scheinheilig Queen Victoria zu imitieren und vorzugeben, nicht amüsiert zu sein; und er mußte einräumen, daß es ziemlich gut gelungen war.

„Schön", sagte er nach einer Weile und verschaffte sich so einen brauchbaren Grad an Aufmerksamkeit. „Wir wissen alle über Elfen im neuzeitlichen Sinn Bescheid." Ein oder zwei verwirrte Mienen ließen ihn argwöhnen,

daß es einige nicht taten; doch er würde sie gewiß nicht darüber aufklären. „Wir haben herzhaft darüber lachen können; und jetzt wollen wir es ernsthaft angehen. Übertreibt den Spaß nicht.
Am besten fangen wir damit an, uns genau klarzumachen, wer diese Elfen waren. Also, als erstes und wichtigstes muß man sich immer vor Augen halten, es sind nicht, und ich wiederhole dies, es sind nicht diese Wesen, die man in Weihnachtsspielen oder auf der Tannenbaumspitze antrifft. Dieser ganze Unfug von Gazeflügelchen und Schlafplätzen in Rosenknospen ist nur viktorianische Gefühlsduselei und darf mit der gebotenen Verachtung abgetan werden."
„Was ist mit Shakespeare?" sagte Bob plötzlich. „Die Elfen im *Mittsommernachtstraum* sind doch wohl klein genug, oder? *Wo die Bien', saug' ich mich ein,* und so weiter."
„*Bette mich in Maiglöcklein*. Gutes Argument, Selden – obwohl ich im Interesse der Genauigkeit darauf hinweisen muß, daß *Wo die Bien', saug' ich mich ein* aus *Der Sturm* ist, Trotzdem, Ariel gehört mehr oder weniger auch zu dieser Sorte. Über die Größe der Elfen im Mittsommernachtstraum bin ich mir auf Anhieb nicht sicher, obwohl mir so ist, als würde Puck einmal so etwas sagen, wie *zu aller Elfen Schrecken, die sich geduckt in Eichelnäpfe stecken*. Die Tradition kleiner Elfen reicht also bis vor das neunzehnte Jahrhundert zurück, das gebe ich dir zu; aber im großen und ganzen wirst du, glaube ich, feststellen können, daß dies nur für ziemlich unbedeutende Nebenfiguren gilt – für die

mit leicht scheußlichen Namen, wie Spinnweb und Bohnenblüte."

„Und Puck?" beharrte Bob. „Normalerweise stellt man ihn sich doch recht klein vor, oder nicht?"

„Ja, schon; obwohl er natürlich seine Gestalt nach Belieben wechseln konnte – er sagt das an einer Stelle. Wir dürfen meiner Ansicht nach davon ausgehen, daß das wahrscheinlich auch für seine Größe gilt. Aber dennoch ist nichts Rührseliges an ihm. Trifft er auf Menschen, so wird er ihnen viel eher einen brutalen Schabernack spielen, als ihnen drei Wünsche gewähren. Jetzt zu den wichtigen Elfen – ich meine die gesellschaftlich wichtigen, Oberon und Titania – sie kommen jener Erscheinung viel näher, mit der sich Thomas der Reimer auseinandersetzen mußte. Mehr oder weniger lebensgroß (nein, menschengroß, meine ich), edel, doch bei allem ein wenig herzlos. Die Menschen in dem Stück interessieren sie eigentlich kein bißchen, außer, sie sind gerade zufällig selbst davon betroffen. Oberon stört sich nicht daran, daß er Zettel, den Weber nur benutzt, um Titania eine kleine Lektion zu erteilen – es scheint ihm gewiß nie in den Sinn zu kommen, daß dies unrecht sein könnte. Oberon und Titania benehmen sich eigentlich durchweg genau wie ein Paar verzogener Kinder – völlig verantwortungslos. Und was es noch gefährlicher macht, ihnen stehen jede Menge magischer Kräfte zur Verfügung. Sie lösen keine menschlichen Probleme, es sei denn mehr oder weniger zufällig: sie schaffen sie."

Eine Hand kam hoch.

„Ja, Anderson?"

„Meinen Sie denn, Sir, daß Shakespeare wirklich an Elfen glaubte?"

„Mit Bestimmtheit läßt sich das schwer sagen; und es hängt weitgehend davon ab, was du unter ‚glauben an' verstehst. Er mag in intellektueller Hinsicht die Möglichkeit ihrer Existenz akzeptiert haben; oder er mag natürlich alles auch nur für einen Haufen alten Mist gehalten haben, der ihm gerade recht zupaß für ein Stück kam. Ich neige der Ansicht zu, daß es ihm mit ihnen ziemlich genauso ging, wie es heutzutage den meisten Menschen mit Gespenstern geht: sie glauben nicht wirklich daran, aber nichtsdestotrotz wären sie überhaupt nicht scharf darauf, eine Nacht mutterseelenallein auf einem heimgesuchten Kirchhof zu verbringen, bloß um zu beweisen, daß sie recht haben."

„Ja, aber Elfen –!" Unglauben und Hohn schwangen in der Stimme. Williams und Dawson tuschelten hinten leise miteinander. Na, meinetwegen, sollen sie ruhig. Die übrigen schienen interessiert genug.

„Ihr denkt sie euch immer noch als ziemlich kleine Wesen mit Flügelchen, die um Pilze herumtanzen und Zauberstäbe schwingen. Schlagt euch das aus dem Kopf. Die Sorte Elfen, die uns beschäftigt, ist mindestens so gefährlich wie Gespenster – wahrscheinlich noch mehr.

Gehen wir die ganze Sache doch mal von einer anderen Seite her an. Hat jemand von euch schon mal etwas von Rider Haggard gelesen – *König Salomos Schatzkammer* oder etwas Vergleichbares?" Mehrfaches Nicken. „Gut.

Sehen wir uns das einmal kurz an. Haggard schreibt oft von der Auffindung untergegangener Zivilisationen oder vielleicht einer geheimnisvollen, allmächtigen Weißen Königin im Herzen des dunkelsten Afrika. Ende des letzten und Anfang dieses Jahrhunderts entstand jede Menge dieser Literatur, und das meiste davon ist nicht so berühmt. Tarzan wäre das allerbekannteste Beispiel dafür."

„Ich Tarzan, du Jane", sagte Dawson und trommelte sich auf der Brust.

„Paß auf, Dawson, du hältst entweder die Klappe oder gehst raus, ja?"

Dawson sank in sich zusammen. Der Geduld des alten Denison waren Grenzen gesetzt, wie er aus bitterer Erfahrung wußte.

„Dann sind da noch *Gullivers Reisen*", fuhr Mr. Denison fort. „Das ist natürlich viel früher geschrieben und ein Sonderfall. Swift hatte es als eine Gesellschaftssatire auf seine Zeit gemeint, und das ist das Buch auch; doch der Grund, warum es noch heute beliebt ist, liegt darin, daß lauter Zwerge und Riesen und sprechende Pferde darin vorkommen. Es verhält sich in der Tat so, daß die meisten Leute nur eine Version für Kinder gelesen haben, bei der man den ganzen satirischen Stoff herausgelassen hat. Es besteht eine lange Tradition dessen, was man ‚phantastische' Literatur nennen könnte, und sie ist natürlich noch lange nicht tot. Science-fiction: H. G. Wells möchte gern eine Geschichte über einen unsichtbaren Mann schreiben, aber es wird ihn keiner ernst nehmen, wenn er seiner Figur nur einen

‚Helm der Finsternis' mit auf den Weg gibt und damit basta; deswegen macht er aus dem ganzen ein wissenschaftliches Experiment, nur ist er in puncto Wissenschaft ein wenig ungenau. Oder er möchte, daß Menschenfresser in Surrey ihr Unwesen treiben, deswegen importiert er sie per Raumschiff vom Mars. Ihr seht, in dieser Richtung bestehen ganz eindeutig Bedürfnisse."
„Aber schauen Sie, Sir, diese ganzen Beispiele gehören zur Literatur. Das ist doch nicht dasselbe, als wirklich daran zu glauben." Das war erneut Selden.
„Nein, natürlich nicht. Mir kommt es auch nur darauf an, wie es gemacht ist. Diese Autoren haben alle darauf geachtet, so zu schreiben, daß gemäß dem Wissensstand ihrer Zeit immer noch die Möglichkeit bestand, daß es wahr war – und sie halfen so der ‚bereitwilligen Aufgabe des Unglaubens' nach. Swift macht einige ziemlich detaillierte Angaben darüber, wo Brobdingnag liegt – das ist das Land der Riesen. Er sagt, es liegt irgendwo weit vor der Westküste Nordamerikas: das ging in Ordnung, niemand hatte diesen Zipfel der Welt gründlich erforscht. Rider Haggard verlegt seine Handlungen alle entweder ins Herz von Afrika oder in den Himalaya: davon existierten noch keine Landkarten. Edgar Rice Burroughs – er erfand Tarzan – hatte da schon etwas größere Probleme, denn als er seine Geschichten schrieb, ging man gerade daran, Afrika zu erschließen. Er schrieb interessanterweise auch einige Bücher über Mars und Venus, die den Tarzangeschichten im übrigen ziemlich ähnlich sind. Mögliche Begrün-

dung: die Leute fanden zuviel über das wirkliche Afrika heraus. Es ist vielleicht nicht purer Zufall, daß der Beginn der Science fiction-Literatur zeitlich in etwa mit der Erforschung der hintersten Winkel der Erde zusammenfällt. Und dort spielt sich sonderbarerweise genau das gleiche ab. Heutzutage plaziert niemand mehr seine glupschäugigen Monster in unserem Sonnensystem. Wir wissen zuviel darüber. Sie sind alle in den interstellaren Raum umgesiedelt. Auf diese Art können wir noch nicht sicher sein, daß es nicht stimmt. Die Leute glauben *gern* an die Möglichkeit unmöglicher Dinge."
„Aber Science-fiction ist Kinderkram", wandte Bob ein; er war nicht sicher, daß das stimmte, wollte es aber aus irgendeinem Grund glauben. „Kein intelligenter Mensch kann sowas ernstnehmen."
„Das betrübt mich zu hören, Selden." Mr. Denison amüsierte sich im stillen. „Ich muß gestehen, daß ich persönlich eine ziemliche Schwäche dafür habe. Aber ich glaube, wir kommen ein wenig vom Thema ab. Wenden wir uns wieder *Thomas* zu.
Ich denke, daß die Menschen des Mittelalters im ganzen genommen an die Existenz von Elfen glaubten. Und was für unsere Überlegungen im Moment noch wichtiger ist: sie nahmen sie ernst, wenn sie in Romanzen und Balladen vorkamen. Ich weiß nicht, ob der Verfasser von *Thomas der Reimer* dachte, er würde eine wahre Geschichte erzählen; doch er geht gewiß nicht leichtfertig mit ihr um. Dies ist ein ernstes Gedicht. Seht euch mal Seite neunundzwanzig oben an.

Siehst du nicht dort den engen Weg,
  Mit Dorngestrüpp besetzt so dicht?
Das ist der Pfad der Redlichkeit,
  Doch oft gefragt wird nach ihm nicht.

Und siehst du nicht den breiten Weg,
  Dort über's weiche Rasenvlies?
Das ist der Weg der Schlechtigkeit,
  Heißt manchem, Weg ins Paradies.

Und siehst du nicht den schönen Weg,
  Der durch den farn'gen Hügel dringt?
Das ist der Weg ins Elfenland,
  Der uns heut' nacht noch dorthin bringt.

Elfland wird als Alternative zwischen Himmel und Hölle angesehen: es ist ebenso wichtig. Man mag nun natürlich an Himmel und Hölle glauben oder nicht; doch der Verfasser tat dies, und tut man es selbst auch, dann ist es kein Thema, um Witze darüber zu reißen. Es liegt auch ziemlich auf der Hand, daß Walt Disney an diesem Elfenland nicht den geringsten Gefallen gefunden hätte. Nehmt nur mal dieses Stückchen hier:

Stockfinstre Nacht, es schien kein Stern,
  Rot's Blut bis an die Knie stand;
Denn aller Erd' vergoß'nes Blut
  Die Quellen füllt in jenem Land.

Keine rundum angenehme Vorstellung, wie ihr mir wohl zugeben werdet. Aber die Sache hat noch einen weit größeren Haken. Die Elfen sind, da nicht so richtig menschlich oder so richtig engelhaft, weder gerettet

noch verdammt. Doch diese Situation behagte dem mittelalterlichen klerikalen Geist nicht sonderlich; deswegen gibt es den sogenannten ‚Zehent'. Ab und zu – gewöhnlich alle sieben Jahre – erscheint der Teufel, schnappt sich ein Zehntel von ihnen und fährt mit ihnen zur Hölle. Das befriedigt, glaube ich, den mittelalterlichen Gerechtigkeitssinn: es steht einem frei, ins Elfenland zu gehen, doch man muß bereit sein, besagtes Risiko auf sich zu nehmen. Es gibt sogar noch ein anderes Gedicht über Thomas – keine Ballade, sondern eine Romanze mit dem Titel *Thomas von Ercildoune* oder Astledown – das so ziemlich wie unseres hier anfängt, aber späterer schickt die Königin Thomas wieder nach Hause, nachdem er drei Jahre bei ihr war, eigens damit er dem Zehent entgeht. Dasselbe findet sich in der Ballade von *Tam Lin* erwähnt."
Bob wollte unterbrechen und wieder zu dem Gedicht zurückkehren. Er fühlte sich unwohl, bedrückt von dem drohenden Unwetter. Er hatte leichte Kopfschmerzen.
„Aber davon steht hier nichts", betonte er. „Es heißt:

> *Bis sieben Jahr' vergangen war'n,*
> *Sah Thomas man auf Erden nicht;*

und das bedeutet, daß er wieder gesehen wurde, und zwar nach sieben Jahren."
„Stimmt; es fehlt jeder Hinweis, daß ihm irgendeine Gefahr drohte, weil er sich den Elfen angeschlossen hatte, abgesehen von der Möglichkeit, überhaupt nicht mehr nach Hause zu kommen. Er trägt sogar die Elfenuniform.

Er trug ein Wams aus weichem Tuch,
Aus grünem Samt die Schuhe schlicht.
Grün ist bekanntlich die Farbe der Elfen. Sogar heute noch trifft man Leute, die das für eine Unglücksfarbe halten, ohne den blassesten Schimmer zu haben, wieso. Ich hätte vielleicht schon früher erwähnen sollen, daß eine moderne Theorie über die Elfen besagt, daß sie eine Art Rassenerinnerung an die Britannier sind, die von verschiedenen Invasoren zu einem Leben im Verborgenen gezwungen wurden. Das würde erklären, warum es so zahlreiche Geschichten aus den keltischen Teilen Britanniens gibt – aus Cornwall, Wales und Schottland: dorthin flohen die Einheimischen. Sie können sehr wohl zur Tarnung Grün getragen haben, wie Robin Hood, und nachts ihre Schlupfwinkel verlassen haben, um Essen und anderes zu stehlen."
Bob stürzte sich auf diese Idee. Ihm gefiel die logische, geschäftsmäßige Erklärung, und er fand sie irgendwie tröstlich.
„Doch die Balladendichter glaubten das natürlich nicht", führte Mr. Denison weiter aus. „Was sie anging, so waren die Elfen übernatürlich, mächtig und potentiell gefährlich. Eigentlich so wie Shakespeares Elfen. Sie standen den Menschen nicht wirklich feindlich gegenüber – sie konnten durchaus auch freundlich sein, manchmal. Sie verliehen Thomas die Gabe der Weissagung, zum Beispiel – deswegen heißt er auch der ‚wahre' Thomas; aber es war übel, ihnen in die Quere zu kommen. Sie hatten eine ungenügende Vorstellung von Recht und Unrecht.

Die Gestalt des Thomas von Ercildoune ist übrigens historisch belegt. Er scheint irgendwann im dreizehnten Jahrhundert gelebt zu haben und genoß einen beträchtlichen Ruf als eine Art Prophet und Seher – ein bißchen wie Merlin, vermute ich."

„Klingt eher nach einem Bauernfänger", meinte Bob.

„Ich weiß deine elegante Formulierung zu schätzen, Selden. Möchtest du das nicht noch ein wenig näher ausführen?"

„Also, mal angenommen, man will sich als Ortsmagier etablieren." Es war aus irgendeinem Grund wichtig, daß der faule Zauber aufgedeckt wurde. „Das wäre wahrscheinlich eine ganz feine Sache – man könnte sich für's Wahrsagen bezahlen lassen und Zaubersprüche verkaufen. Mit ein wenig Glück könnte man die Leute sogar dazu bekommen, einen zu bezahlen, nur damit man sie mit keinem Fluch belegt, vorausgesetzt, man wäre ruchlos genug."

„Du knöpfst ihn dir so richtig vor, den armen alten Thomas, hm, Selden? Na, mach weiter."

„Ich will nur sagen, daß das eine perfekte Geschichte wäre. Mit nur ein klein wenig Geschick bei der Sache, wäre man ein gemachter Mann. Und so'n richtiger Gauner würde das schon zu drehen wissen: angenommen, er hat früher schon mal ein wenig Ärger bekommen und mußte die Gegend etwas überstürzt verlassen, und nach ein paar Jahren war dann Gras über die Sache gewachsen, und er wollte wieder zurückkommen. Das ist maßgeschneidert – und er hätte außerdem ein gußeisernes Alibi."

„Du scheinst wild entschlossen, die ganze Sache wegzurationalisieren. Wo bleibt dein Sinn für das Phantastische? Mir wäre ein eindrucksvoller Magier allemal lieber als ein billiger Bauernfänger."
„Ja, aber es muß eine *vernünftige* Erklärung geben." Bob war über seine eigene Heftigkeit verwirrt. „In Büchern liest sich sowas recht gut, aber solche Sachen passieren einfach nicht."
„Na, dann wirst du aber in Schwierigkeiten geraten, wenn du mal nach Irland kommst", bemerkte Mr. Denison. „Ich glaube, da kann man noch immer Gegenden finden, wo sich die Leute große Sorgen wegen des Kleinen Volkes machen. Für die Isle of Man gilt das gleiche – da kann man nicht einmal seine Meinung ändern, ohne daß es die Elfen wissen. Und du weißt auch, was Hamlet zu Horatio sagte."
Es läutete.
„Ich würde mir nicht zuviel Gedanken deswegen machen, Selden. Es würde mich nicht wundern, wenn du in diesem Fall recht hättest, doch es ist ein kleiner Geist, der immer die Dinge durchschauen will." Zu allen sagte er: „Lest auf's nächste Mal *Edward, Edward* und *Sir Patrick Spens*. Das sollte eigentlich für jedermann realistisch genug sein. Und jetzt, verschwindet."
Es erfolgte ein allgemeiner, schlurfender Exodus, nur Bob blieb noch eine Minute sitzen und schaute auf das Gedicht. Was hatte Hamlet doch gleich zu Horatio gesagt? Oh ja, natürlich: *Es gibt mehr Ding' in Himmel und auf Erden, als Eure Schulweisheit sich träumt*. Ja, schon . . .

Abrupt warf er das Buch in die hinterste Ecke seiner Schulbank und verbannte die Angelegenheit aus seinem Geist. Heute abend mußte er sich wieder einer Probe stellen; und Helen.
Oh verdammt noch eins!

Acht

Der Himmel war bleiern, schwer von drohendem Donner, und die drückende Luft mit Elektrizität geladen. Bob schaute wieder auf seine Uhr, zum dritten Mal in ebensoviel Minuten. Es war noch immer erst zwanzig nach sieben, wie er es geahnt hatte, obwohl er sie so lange anstarrte, bis er sicher war, daß sich der Minutenzeiger noch drehte. Er stand unschlüssig beim Fahrradständer, fragte sich, ob er etwas durch die Stadt fahren und später wiederkommen sollte. Ein besserer Gedanke durchzuckte ihn: etwas durch die Stadt fahren und überhaupt nicht wiederkommen. Widerstrebend stieß er den Einfall zur Seite. Das würde nichts lösen.

Seine Kopfschmerzen waren schlimmer, ein dumpfer, verschleierter Schmerz, und mit ihnen war sein Unbehagen gewachsen. Er hatte Angst, wußte er plötzlich mit erschreckender Klarheit; und sie unterschied sich von jeder ihm bisher bekannten Angst. Er dachte an andere Ängste, obwohl sie lächerlich klein wirkten, und versuchte zu vergleichen: eine Prüfung, zum Beispiel, oder ein fälliger Zahnarztbesuch. Er sah den Unterschied fast sofort. Solche Dinge waren festgelegt und bestimmt. Man konnte mit ihnen umgehen, weil man wußte, daß sie zu einem festgesetzten zukünftigen Zeitpunkt ausgestanden sein würden. Man konnte sagen, morgen um diese Zeit werde ich mir deswegen keine Sorgen mehr machen müssen. Es wird vorbei sein.
Aber so, wie er sich jetzt fühlte – was konnte man tun, wenn man keinen Grund für seine Nervosität hatte? Eine Wirkung ohne Ursache. Und dies wiederum wurde jetzt zu seiner Hauptsorge: die Angst vor sinnloser Angst. Nannte man das einen Nervenzusammenbruch, überlegte er; fing es so an? Mit Mühe riß er sich vom Rand der Panik zurück. Es lag am Wetter, natürlich, entschied er, und fühlte sich ein bißchen besser. Bei so schwüler Witterung wurde einfach jeder kribbelig.
Ruhiger dachte er über die vergangenen Tage nach und versuchte, den Zeitpunkt festzulegen, zu dem alles begonnen hatte. Samstag, stellte er fest, da hatte er zum ersten Mal ein unbestimmbares Unbehagen verspürt: es war gewachsen seither. Wodurch also war es ausgelöst worden? Was, zum Beispiel, war Freitag passiert?

Soweit er sich erinnern konnte, rein gar nichts. Nur kam da irgendwo eine Melodie mit ins Spiel. Aber die war seine eigene Erfindung, bestimmt, und konnte keine Bedeutung besitzen. Für einen kurzen Moment hatte er die Illusion, beinahe durch einen dichten, schweren Vorhang zur Wahrheit vorzustoßen (Wahrheit? welche Wahrheit?); doch ehe er es merkte, war es schon wieder vorbei.

In der Hitze klebten seine Kleider an ihm. Er wünschte sich Regen und wußte doch, daß er sich auch davor fürchtete, falls er ihm keine Erleichterung brachte.

Vom Spielfeld hinter der Hecke hörte er das satte, befriedigende Knallen eines Kricketschlägers, der den Ball zur Mitte flankte, und er ging dem Geräusch nach. Kricket, die letzte Zuflucht eines zerbröselnden Gemüts, sagte er zu sich selbst und fühlte sich heiterer.

Unter der Aufsicht des Sportlehrers Mr. Robinson fand ein Trainingsspiel statt, und Bob wünschte sich, mitspielen zu können und alles weitere für ein, zwei Stunden zu vergessen. Er lehnte sich an die schwere Rasenwalze am Spielfeldrand und sah mit halbgeschlossenen Augen zu.

„Spielchen gefällig?"

Die Stimme ließ ihn zusammenzucken. Es war Dawson und ein anderer Junge, den er nur entfernt kannte, nicht aus seiner Klasse. Er tastete nach dem Namen: Abbott, richtig. Er hatte sie nicht gesehen, weil sie unter der Walze saßen. Er hoffte, daß sie seine Angespanntheit nicht bemerkt hatten. Er wünschte, sie wären überhaupt nicht dagewesen.

„Kann nicht, danke. Lust hätt ich schon. Muß gleich zur Probe." Er ruckte mit dem Kopf in Richtung der Schule.

„Na schön, selber Schuld. Tja, wenn man eben auf so Sachen wie Musik steht, muß man damit rechnen, die alte Träller-Kate dauernd auf dem Hals zu haben, stimmt's oder hab ich recht?" Leiser Hohn schwang in der Stimme, doch Bob überging es, und die schwache Feindseligkeit welkte dahin.

„Wie fandst du denn den alten Denison heute nachmittag?" fuhr Dawson nach einer Pause fort. „Dies Gerede von der Königin der Elfen."

„Ja, und. Was ist damit?"

„Oh, sehr witzig. Der spinnt doch glatt, das ist los."

„Was war denn da los?" fragte Abbott uninteressiert.

„Och, Denison hat uns von den Elfen auf dem Grund seines Gartens erzählt. Wenn man nicht achtgibt, verwandeln sie dich in einen Giftpilz." Beide lachten.

„Nein, das eigentlich Komische daran war", führte Dawson aus, „daß er die ganze Chose so todernst nahm. Und Selden auch. Ich hab immer gedacht, jetzt werden sie sich gleich drei Wünsche erbitten."

Bob wollte das Thema fallenlassen. Es erschien ihm irgendwie gefährlich, und das beunruhigte ihn; aber so konnte er das nicht hingehen lassen.

„Paß auf", sagte er hitziger, als er beabsichtigt hatte, „wenn du nur ein bißchen Grips hättest, hättest du gewußt, daß er genau das nicht gesagt hat." Er entdeckte, daß er zu einem Streit, einem Kampf aufgelegt war.

„Schon gut, Robert mein Söhnchen, schon gut." Dawson mimte Versöhnung. „Kein Grund, sich an mir schadlos zu halten." Er wedelte in gespielter Entschuldigung mit den leeren Handflächen.
„Ach, hau doch ab!" Bob zwang sich, seine Aufmerksamkeit wieder dem Kricket zu widmen.
„Wo drückt denn der Schuh?" beharrte Dawson bekümmert. „Ärger mit der Freundin, hm? Na, erzähl's dem Onkel John schon."
Bobs Fäuste ballten sich, aber er blieb, wo er war, entschlossen, es zu ignorieren.
„Was für ne Freundin?" erkundigte sich Abbott diesmal mit echtem Interesse.
„So'n Mädchen, Helen Somerset heißt die", erzählte ihm Dawson. „Relativer Neuzugang hier. Lange blonde Haare. Du weißt schon."
„Ach, die ist das? Ja, die kenn ich." Er wandte sich an Bob. „Auf die paß mal besser auf, Kumpel", riet er. „Die macht Scherereien."
Die Wut stieg ihm in die Kehle, erstickte ihn beinahe. Noch so eine Stichelei, beschloß er, und er würde Abbott die Zähne einschlagen. Mit verzweifelter Konzentration verfolgte er, wie der Ballmann mit seinem run-up begann.
„Wie das?" Dawson weigerte sich, Ruhe zu geben. „Ich hätte sie nicht für den Typ gehalten, der Schwierigkeiten macht."
Der Schlagmann trieb den Ball unbeholfen hinter den dritten Eckmann und fing an zu rennen.
„Du hättest sie heute nachmittag mal im Bus erleben

sollen. Man klatscht, daß sie sich an jeden ranschmeißt. Vom Schaffner abwärts. Böse Sache, glaub's mir."
„Halt's Maul", sagte Bob heiser und machte einen Schritt vor. Vom Spielfeld kam eine gerufene Anfrage. Run out.
„Kann ich was dafür?" protestierte Abbott. „Ich sag dir doch bloß, wie's steht, um deinetwillen."
„Halt's Maul", sagte Bob wieder.
„Du gedenkst also, was dagegen zu unternehmen, wie?" Abbott war jetzt auf den Beinen.
„Dir hau ich noch immer eins auf die Mütze!"
„Dazu mußt du dir aber noch jemand mitbringen."
Bob schlug wild auf Abbott ein, und als er das tat, stieß ihn Dawson gegen die Walze und brachte ihn aus dem Gleichgewicht.
„Laßt das, alle beide", sagte Dawson, „oder der alte Jack ist so fix hier, daß ihr gar nicht mal wißt, was euch getroffen hat." Er deutete zum Spielfeld, wo der Sportlehrer die Szene bei der Rasenwalze tatsächlich eindeutig interessiert beobachtete.
„Dein Freund Abbott wird es schon wissen", versprach Bob.
„Ach zum Teufel, zum Kämpfen ist es eh zu heiß", sagte Abbott und ließ sich wieder ins Gras plumpsen. „Ich hatte ja keine Ahnung, daß es dich so bös erwischt hat. Aber wenn du nicht völlig auf den Kopf gefallen bist, dann hörst du auf mich und läßt die Finger von ihr."
Bob starrte auf ihn herab. Er wußte, daß er zur Probe schon jetzt zu spät kommen würde, doch er würde

nichts tun, was nach Zurückstecken aussehen könnte. Er stand unschlüssig.
Das Patt wurde von Miss Kinross durchbrochen, die ihm über den Hof zurief.
„Robert! Komm endlich, wir warten auf dich."
„Geh schon, Robert, sie warten auf dich", äffte Dawson nach. Als sich Bob dann zu ihm umdrehte, sagte er: „Oh, hör doch mit diesem verdammten Getue auf!"
Wortlos wandte sich Bob um und ging langsam zum Musiksaal zurück, weigerte sich, sich zu beeilen. Laß sie warten. Hinter sich hörte er Dawsons Stimme.
„Hat sie das wirklich?"
Er verlangsamte seine Schritte, wollte zuhören und fühlte sich dabei gleichzeitig auch wie ein Verräter.
„Was?"
„Na, was du erzählt hast – daß sie sich an alle ranmacht?"
„Kannste Gift drauf nehmen."
„Komisch. Das hätte ich im Leben nie geglaubt, daß sie so eine ist."
Bob ging weiter. Ich auch nicht, dachte er, ich auch nicht. Und das beweist nur mal wieder, wie sehr man sich doch täuschen kann, wenn man es nur kräftig genug versucht.

Als er hereinkam, saßen beide da und warteten auf ihn: es wirkte wie eine weibliche Verschwörung, um ihm Schuldgefühle einzuimpfen. Dies Manöver konzentrierte seine Wut jedoch nicht auf Helen, sondern auf

Miss Kinross als der unbestrittenen Anstifterin. Er begann, seine Flöte zusammenzubauen, prüfte ihre Ausrichtung absichtlich mit übertriebenem Bedacht. Er vermerkte mit Befriedigung, daß Miss Kinross die Lippen schürzte und ihren Zorn mit Mühe zügelte, und er verlangsamte seine Tätigkeiten noch mehr. Er benahm sich kindisch, aber das störte ihn nicht.
Schließlich öffnete die Musiklehrerin den Mund, um etwas zu sagen, doch zu Helen und nicht zu ihm.
„Na, meine Liebe, hast du fertig gestimmt?"
Helen gab keine Antwort, sondern strich mit dem Bogen nur leicht über die Seiten, beinahe probeweise. Bob ließ vor Verblüffung fast die Flöte fallen. Die vollen, weichen Töne füllten den Raum; das Cello sang.
Bob blickte auf Miss Kinross. Und der passende Ausdruck dafür, dachte er, ist baff. In den Augen der Musiklehrerin lag ein glasiger Blick, der unter normalen Umständen sehr komisch gewesen wäre.
Dann erfüllte ihn neuer Zorn. Noch eine Lüge, noch ein Betrug, und dieser war der schlimmste von allen: sich derart geschickt zu verstellen, wo sie doch die ganze Zeit so spielen konnte. Was war das für eine verdrehte Arroganz? In dem kleinen Zimmer klang sie wie Casals oder Jacqueline du Pré; nur besser. Aber warum hätte sie das tun sollen, wo lag der Sinn? Sollte ihm damit nur diese unverständliche Demütigung bereitet werden?
„Meine Güte", sagte Miss Kinross schließlich matt. „Du hast wohl tüchtig geübt?"
Du dämliches altes Weibsstück, dachte Bob in blinder

Wut, das ist keine Übung, sowas kann man nicht lernen. Damit muß man auf die Welt gekommen sein.
Das Mädchen spielte weiter, selbstvergessen. Ihr Kopf war über das Instrument gebeugt, und Bob konnte ihr Gesicht nicht sehen. Er fühlte, wie er von der Musik aufgesogen wurde, in ihr untertauchte, sich darin verlor. Es war nicht Telemann, es war nichts, was er je zuvor gehört hatte. Die Luft pulste und klang mit einer schrecklichen Schönheit, durchschossen von unerträglich pathetischen und nostalgischen Tonfolgen. Er konnte sich vorstellen, wie sich die Wände in einem Nebel auflösten, die Blumen im weichen Gras und den Gesang der kleinen Vögel; und über alledem die Einsamkeit, der Verlust.
Er mußte dagegen ankämpfen, es stoppen, die Wände und die dumpfe, undurchsichtige Beständigkeit der Realität zurückbringen, und er sah sich nach einer Waffe um.
Seine Flöte setzte sich ihm an die Lippen, und sich kaum dessen bewußt, was er tat, begann er, seine eigene Melodie zu spielen, die Melodie, die unter dem Weißdornbaum über ihn gekommen war. Die tanzenden Phrasen, scharf und klar, schnitten in den verworrenen Tenor des Cellos. Als er in Schwung kam, stockte das Mädchen und brach ab, doch er spielte wie besessen weiter. Es war ein Rauschen in seinen Ohren wie der Klang von tausend Stimmen.
„Robert! Hör sofort auf!" Das Gesicht der Frau war weiß, von einer Wut verkrampft, die nur eine dürftige Verkleidung ihrer Angst war. Er ignorierte sie und

spielte mit einem Gefühl verzweifelter Verwegenheit weiter. Es gab ein leichtes Klappern, als Helen ihren Bogen fallen ließ und einen tieferen Schlag, als das Cello zu Boden fiel und seine Saiten von dem Aufprall summten. Das Geräusch brachte ihn in seine Umgebung zurück, und die Stimme der Flöte erstarb.
Er blickte das Mädchen neben sich an. Es hatte das Gesicht in den Händen vergraben, und Tränen sickerten ihm durch die Finger. Schluchzen schüttelte seinen Körper.
Miss Kinross legte einen Arm um die bebenden Schultern. „Was hast du, Liebes? Was ist los?"
Was los ist? dachte Bob wild; wir sind alle verrückt, wir sind alle völlig, total verrückt, das ist los.
Helen versuchte unter Tränen zu sprechen, die Worte waren fast unverständlich, von Verzweiflung entstellt.
„Heim", entschied er schließlich, war es, was sie seufzte. „Ich will heim."
Zeig mir den Weg nach Hause, dachte er, *ich bin müde und möchte zu Bett*. So war es um seine Geistesverfassung bestellt, daß er sich bewußt bemühen mußte, nicht in irres Gesinge auszubrechen.
Die Musiklehrerin blickte zu ihm hoch.
„Ich weiß nicht, was heute abend in dich gefahren ist", sagte sie ruhig und grimmig. „Es liegt vielleicht am Wetter, wir sind alle ein wenig gereizt." Sie klammerte sich an eine Erklärung, so wußte Bob, an jede Erklärung, die ihr den Verstand retten würde; und dies Wissen half ihm, sich in den Griff zu bekommen. „Warum hast du das gemacht?" fuhr sie fort.

„Aber ich –" Er brach ab. Was hatte er gemacht? Warum hatte er es gemacht? War er an allem schuld? Aber er hatte doch nur Flöte gespielt. Für sinnlose Tränenfluten bestand keinerlei Anlaß. Ganz plötzlich fühlte er sich männlich und überlegen.
„Die Probe ist aus. Geh nach Hause."
Er rührte sich nicht gleich, wußte nicht genau, ob er gehen oder bleiben sollte.
„Raus hier!" Miss Kinross Stimme wurde lauter, schrill und häßlich. „Raus hier! Raus" Sie kreischte am Rand der Hysterie.
Bob ging hinaus, weg von Emotionen, die er nicht verstand, und mit denen er nicht zurechtkam. Vielleicht liegt es am Wetter, dachte er; vielleicht sind wir alle wahnsinnig.
Er riß sein Fahrrad aus dem Ständer, ungestüm, und als er es tat, sah er aus den Augenwinkeln Dawson und Abbott, die ihn von der anderen Seite der Hecke neugierig beobachteten. Warum treiben sich die da immer noch rum, dachte er böse, bis ihm dämmerte, daß erst ein paar Minuten verstrichen sein konnten, seit er sie verlassen hatte. Er sah sie auf sich zukommen, und er fuhr schnell davon, weil er weder diesen Streit aufleben lassen, noch erklären wollte, was mit der Probe passiert war.
Seine Wut richtete sich jetzt gegen sich selber, wegen seiner Tölpelhaftigkeit und seines kindischen Benehmens und, unvernünftigerweise, wegen seiner Hilflosigkeit angesichts Helens Tränen. Und immer noch lauerte hinter allem die Furcht vor der Furcht selbst.

Er fuhr blindlings die Straße entlang und betrachtete es als Ehrensache, nicht auf den Verkehr zu achten, als er die Hauptstraße überquerte. Sollten sie ihn ruhig überfahren; es kümmerte ihn nicht. Die Umstände erinnerten an den Abend (war das wirklich erst zehn Tage her?), als er an derselben Stelle sein beinahe gewaltsames Zusammentreffen mit Mr. Denison gehabt hatte, und wiederum wußte er, daß er kindisch war. Die männliche Vernunft des Englischlehrers wäre ihm willkommen gewesen, dachte er, doch er hätte keine Lust, sein eigenes idiotisches Benehmen zu erklären und zu versuchen, es zu rechtfertigen.
Er hielt unter den Bäumen zu Beginn des Weges an, um sich zu sammeln.

Sein Herz hämmerte, und er hatte einen unangenehmen Geschmack im Mund. Ihm war leicht übel. Weit in der Ferne rumpelte leiser Donner, und er stürzte sich wieder auf diese rationale Erklärung. Natürlich war er nervös: alle waren es. Selbst Miss Kinross hatte es zugegeben. Es hing wohl mit statischer Elektrizität zusammen, wahrscheinlich. Es war nichts besonderes mit ihm los.
Nach einer Weile schlug sein Herz wieder ruhiger, und es ging ihm besser. Er beschloß weiterzufahren. Mit etwas Glück würde der Sturm jede Minute losbrechen. Eine unheilvolle Bö wogte durch die Bäume, und er dachte an den Beginn des vierten Satzes von Beethovens *Pastorale:* Gewitter, Sturm. Die wenigen Takte fingen diese Atmosphäre perfekt ein.
Die Musik spielte in seinem Kopf weiter, als er hinaus

ins Freie kam und die lange Abwärtsgerade in Angriff nahm, doch nur, um mitten im Takt abrupt abzubrechen, als er sich des Weißdornbaumes bewußt wurde, der sich vor dem dunklen Himmel abzeichnete. Er ragte wie eine Drohung, und als er daran vorüberfuhr, verhöhnte ihn der Zauntritt aus seinem schwarzen, zahnlosen Mund. Er blickte beinahe automatisch nach links, zu der Esche über dem Feld. Dieser Platz machte ihm wirklich zu schaffen. Er schaute nach vorn und sah eine Gestalt an der Brücke stehen. Mrs. Whitcroft, wie er wußte, obwohl er noch zu weit entfernt war, um sie deutlich zu sehen, die in seiner Richtung den Weg hinunterschaute.

Er wollte nicht mit ihr reden, mit niemand; aber das ließ sich jetzt nicht mehr vermeiden. Sie mußte ihn gesehen haben, und er konnte nicht umdrehen und fliehen. Er bremste, um Zeit zu gewinnen, sich auf die Begegnung vorzubereiten, einige Barrieren um sich aufzubauen.

Sein Tempo verlangsamte sich noch mehr, als er der Brücke näherkam, bis er sich kaum noch bewegte. Das hat keinen Sinn, sagte er sich, vorwärts. Er hielt neben ihr an.

„Sie könnten recht gehabt haben mit dem Regen", bemerkte er und war erstaunt über den normalen Klang seiner Stimme.

„Regen?" Mrs. Whitcroft blickte zum Himmel, als wäre ihr dieser Gedanke neu.

„Samstag haben Sie gesagt, es würde regnen", erinnerte er sie. Sie schien heute abend so schlecht beieinander

zu sein wie er, und er entsann sich ihres letzten, seltsamen Gesprächs.
„Hab ich das?" Sie hatte ihm nicht wirklich zugehört.
„Ich dachte mir, du könntest hier unterwegs sein", sagte sie so, als komme sie jetzt zum wahren Grund des Treffens. „Wie steht's, wie geht's?"
„Ach, nicht so übel." Mrs. Whitcroft schaute ihn mild an. Er hätte es inzwischen lernen müssen, daß er vor ihr nichts verbergen konnte. Er brachte ein mattes Lächeln zuwege. „Also, eigentlich ziemlich übel. Aber ich schätze, ich werd's überleben."
„Ja." Welchem Teil der Bemerkung stimmte sie zu, fragte er sich. „Tom . . ." Sie schien ungewohnt zaghaft. „Ich dachte . . . Ich hatte das Gefühl, du würdest vielleicht mit mir reden wollen."
„Heißt das, daß sie hier auf mich gewartet haben?" Unsinnigerweise flackerte sein Zorn wieder auf. „Was zum Teufel geht denn hier vor?" brüllte er plötzlich. „Was wissen Sie darüber? Hören Sie endlich mit dieser verdammten Geheimniskrämerei auf –"
Beschämt über seinen Ausbruch, verstummte er und hörte in seinem Geist Helens Stimme sagen „Du sollst nicht fluchen." Doch das war vor – vor was? Er sah zu Boden, und ein großer Regentropfen fiel dicht neben seinen Fuß, klatschte in den Staub, ehe er hungrig aufgesogen wurde. Mrs. Whitcroft sagte nichts, und als er aufsah, musterte sie ihn noch immer, still und ernst.
„Tut mir leid", murmelte er entschuldigend, doch unfähig, dies elegant zu tun. „Ich hätte nicht auf Sie fluchen sollen – oder die Beherrschung verlieren. Es liegt am

Wetter und . . . so, glaube ich." Die alte Entschuldigung klang jetzt fad und unüberzeugend. „Das schafft mich ein bißchen."

„Ja", sagte sie ruhig, und er wußte, sie nahm seine Entschuldigung an und würde kein Wort mehr darüber verlieren. Er trieb im tiefen Frieden der Augen der alten Dame.

„Hören Sie, was ist los?" fragte er erneut, doch jetzt ohne Zorn.

„Tut mir leid. Es hat noch keinen Sinn darüber zu reden."

„Sie wissen doch etwas? Warum sagen Sie's mir dann nicht, wenn Sie meinen, ich sollte Bescheid wissen?"

„Ich kann nicht, Tom. Es hätte keinen Zweck. Es würde dir nur noch mehr Sorgen bereiten. Und überhaupt, ich *weiß* es nicht. Ich könnte mich irren; ich hoffe, ich tue es. Aber ich habe Angst."

Ihre Stimme war nüchtern, sachlich. Er konnte keine Angst in ihr entdecken.

„Sie sollten nicht ganz alleine hier draußen sein", sagte Bob und wunderte sich sofort, warum er das gesagt hatte. Wieso sollte sie nicht hier sein? Es gab doch nichts, wovor man Angst haben mußte? Doch sie nahm seine Bemerkung ernst.

„Ich paß schon auf." Er glaubte ihr. Der Regen fiel jetzt heftiger. „Du machst besser, daß du nach Hause kommst, sonst weichst du noch restlos durch."

„Aber wann werden Sie es mir erzählen?" beharrte er.

„Warum geht es nicht jetzt?"

„Weil du mir nicht glauben würdest. Du würdest den-

ken, ich hätte den Verstand verloren." Er sah sie durchdringend an: wußte sie davon? „Es hat erst dann Zweck, dir etwas zu erzählen, wenn du selbst schon weißt, was ich dir zu erzählen habe. Tut mir leid. Es klingt sinnlos, ich weiß. Aber so ist es nun mal."
Der Regen fiel in Strömen.
„Ich muß gehen", sagte er. „Entschuldigen Sie, daß ich unbeherrscht war. Und danke."
„Wenn du es weißt, Tom, dann komm zu mir. Ich kann vielleicht helfen." Aber wenn ich *was* weiß? dachte er wieder. Laut sagte er nur: „Ja."
„Also, steh jetzt nicht wie ein Trottel im Regen", sagte Mrs. Whitcroft mit einmal heiter. „Ab nach Hause. Gute Nacht." Sie ging schnell in den Schutz ihres Cottages zurück, während Bob davonfuhr.
Donner brach oben los, und Wasser lief ihm den Hals hinunter. Er fühlte sich schon besser: es muß doch am Wetter gelegen haben. Aber diese sonderbare Unterhaltung hatte ihn eigentümlich getröstet.
Hinter ihm starrten sich der Weißdorn und die Esche durch die wachsende Dunkelheit des Regens an wie Todfeinde am Vorabend der Schlacht.

Neun

Die ganze Nacht fiel schwerer Regen aus einem sternlosen Himmel, trommelte dumpf auf die Dächer des Dorfes wie Hufschlag von Phantompferden. Der ausgetrocknete Boden trank anfangs durstig, wurde dann übersättigt und zuletzt trunken vor Schlamm. Der versiegte Bach stieg so lange, bis er fast über die Ufer trat, und der Schutt der Dürre wurde fortgespült.
Das schlimmste Unwetter war bis zum Morgen durchgezogen, obgleich der Himmel nicht aufklarte und es

tagsüber noch zu gelegentlichen Schauern kam. Als Bob nachmittags die Schule verließ, regnete es nicht, und er beeilte sich, weil er, wie er sich sagte, nicht riskieren wollte, naß zu werden; doch er achtete sorgfältig darauf, nicht in Richtung der Bushaltestelle zu schauen, wo vielleicht Helen wartete.
Der Weg war matschig und mit Pfützen übersät, Bobs Fahrtempo glich ab hier eher einem Spaziergang, doch als er erst einmal dort war, hatte er das Gefühl, entkommen zu sein: jetzt würde er ihr wenigstens nicht mehr gegenübertreten und eine Entscheidung über sein Verhältnis zu ihr treffen müssen.
Er irrte sich.
Er sah sie aus einer halben Meile Entfernung, kaum daß er um die Ecke bog, und er wußte gleich, wer es war. Lange bevor er nahe genug war, um seine Ahnung überprüfen zu können, fiel ihm ein, wie er am Vorabend Mrs. Whitcroft auf die gleiche Weise erkannt hatte. Vielleicht stimmte mit diesem Wegstück doch nicht alles, so mit der Brücke, die am jenseitigen Ende stand wie ein Torweg (doch ein Torweg hinein oder hinaus?) und den zwei einsamen Bäumen, dem Weißdorn und der Esche, jeder auf einer Seite ...
Nein. Es war nur eine dieser komischen perspektivischen Täuschungen, die man auf jedem geraden Straßenstückchen erlebte: es wirkte kürzer als es war, und man glaubte, das jenseitige Ende deutlicher sehen zu können, als man es tatsächlich sehen konnte. Gestern abend hatte er natürlich erraten, daß es Mrs. Whitcroft war: wer hätte es denn auch sonst sein sollen? Und

jetzt, wo er an Helen dachte, nahm er natürlich an, daß sie die ferne Gestalt sein mußte. Sein Unterbewußtsein spielte ihm einen Streich, mehr nicht.
Aber sie war es trotzdem. Sie stand am Rand der Brücke, auf seiner Seite des Wassers, und eine sonderbare Ausstrahlung von Hilflosigkeit umgab sie. Sie sah verlassen und verletzbar aus.
Bob versetzte seinem Unterbewußtsein einen derben Tritt, um es zur Räson zu bringen, und überlegte, was zu tun sei. Drei Möglichkeiten boten sich an. Sie hatte ihn gewiß noch nicht gesehen, also konnte er einfach umdrehen und andersherum fahren. Feigheit, wisperte eine kleine Stimme, und dieser Weg war versperrt. Er mußte entweder wortlos vorbeifahren oder anhalten und reden. Er entschied sich für letzteres, obwohl sein Stolz Nein sagte: er hatte schon genug hingenommen; doch etwas anderes – Mitleid vielleicht wegen der eingebildeten Hilflosigkeit – überwog.
Sie gab keine Anzeichen dafür, daß sie ihn näherkommen hörte und wandte sich auch nicht um, als er neben ihr stoppte, doch er wußte, daß sie seine Anwesenheit bemerkte.
Sie sprach nicht, und Bob stellte gereizt fest, daß es jetzt an ihm war, das Gespräch zu eröffnen, den Grundton festzulegen. Das Schweigen dehnte sich, und mit jeder Sekunde wuchs die Aufgabe, es zu brechen, fast ins Unmögliche.
„Warum hängst du hier rum?" sagte er schließlich zu grob. „Du solltest besser heimgehen, bevor es wieder zu regnen anfängt."

Helen schaute zu ihm hoch, und er entdeckte, daß er sich ihre Unglückseligkeit nicht eingebildet hatte.
„Heim?" sagte sie traurig, mit einem seltsamen Ausdruck im Blick, den Bob als „entrückt" klassifizierte.
„Du weißt doch – der Ort, wo du zu essen und alles andere bekommst. Du mußt dich daran erinnern." Beinahe widerwillig verleiteten ihn seine eigenen Worte zum Angriff, und er fuhr fort: „Was war denn heute mit dem Bus? – War gar keiner nach deinem Geschmack dabei? Hier wirst du auch nicht mehr Glück haben, das sag ich dir gleich."
Er wußte nicht, welche Reaktion er erwartet hatte, doch er erhielt gar keine. Es war so, als hätte sie seine Worte oder den Ton seiner Stimme nicht gehört.
„Ich wollte diesen Weg hier gehen", sagte sie schlicht. „Ich vergaß."
„Vergaß was, um Himmels willen?" Sie funkten nicht nur auf verschiedenen Wellenlängen, dachte Bob. Es war mehr so, als befinde sich jeder in einem anderen Raum-Zeit-Kontinuum.
Sie zuckte leicht, doch er konnte keinen Grund dafür entdecken.
„Ich vergaß den Regen." Sie wandte sich halb von ihm ab und blickte auf den Bach hinunter. Man konnte ihn jetzt fast schon einen Fluß nennen; das Wasser reichte weit die Ufer hinauf, wirbelte und gurgelte unter dem Bogen. Das schmutzige Braun war mit dreckiggelbem Schaum gefleckt und schwemmte Zweige, Blätter und kleine Äste mit sich, die Trümmer des Sturms.
„So wie du vergessen hast, daß du Cello spielen

kannst?" erkundigte sich Bob sarkastisch. „Du mußt ja schrecklich zerstreut sein."
„Es war ein Fehler."
„Da kannst du Gift drauf nehmen", stimmte Bob zu.
„Und nicht nur deiner." Er war sich noch immer absolut nicht im klaren, worüber sie sprachen, und beschloß, nichts mehr zu sagen, ehe sie nicht wieder redete. Er starrte schweigend aufs Wasser.
„Nimm mich mit", sagte sie plötzlich.
„Mitnehmen?"
„Darauf." Sie trat gegen seinen Fahrradreifen. „Über die Brücke."
„Was in aller Welt hast du vor? Wozu?" War dies ein extravaganter Versuch, Frieden zu schließen, wunderte er sich. Es handelte sich wohl eher um einen weiteren Versuch mit dem Ziel, daß er sich selbst dumm vorkam; und das hatte bereits Erfolg gehabt.
„Bloß über die Brücke."
Er musterte sie mißtrauisch. Sie bat, flehte ihn beinahe an. Ihre Stimme war sanft und tief, als wolle sie versuchen, verführerisch zu klingen. Sie mußte zuviel schlechte Filme im Fernsehen gesehen haben. Doch er konnte keine Spur von Hohn in ihrem Gesicht entdecken.
„Wie komme ich dazu?" Seine Stimme klang schärfer, als er beabsichtigt hatte. Er würde nicht darauf hereinfallen, egal was es war. „Du hast es geschafft, bis hierher zu laufen – da kannst du den Rest auch noch gehen." Doch er machte keine Anstalten aufzubrechen.
„Bitte." Er sah mit Erstaunen, daß sie jetzt den Tränen

nahe war. Sie war wirklich durcheinander, aus welchem Grund auch immer. „Ich kann nicht heimgehen, wenn du mich nicht mitfahren läßt."

Als sie vom Heimgehen sprach, fiel ihm wieder ihr Ausbruch vom gestrigen Abend ein, und er befürchtete eine Wiederholung, jetzt wo niemand in der Nähe war, der ihm die daraus entstehenden Schwierigkeiten abnehmen würde. Beinahe alles wäre besser als das; sogar vor sich selbst lächerlich gemacht zu werden.

„Oh, in Ordnung", sagte er und argwöhnte, daß er irgendeinen Grundsatz aufgab, und das paßte ihm nicht. „Hier bitte. Fahr heim damit, wenn du magst; ich komme dann später vorbei und hole es mir ab. Du kannst es aber auch genauso gut bei mir zu Hause abstellen."

Er fragte sich, was schlimmer wäre: das Fahrrad beim Haus der Somersets abzuholen und Helen wiederzubegegnen und vielleicht auch ihren Eltern; oder zu riskieren, daß seine eigene Mutter das Mädchen damit sah und Rückschlüsse aus dieser Tatsache zog. Das erstere wäre wohl im ersten Moment schmerzlicher, aber er würde wenigstens nicht damit leben müssen. Die Alternative stellte sich jedoch erst gar nicht.

„Oh, nein", sagte Helen. Erleichterung schwang in ihrer Stimme, so als wisse sie jetzt sicher, daß er das tun würde, was sie verlangte. „Ich kann es nicht. Du mußt fahren."

„Jetzt paß mal auf", sagte Bob mit mühsamer Beherrschung, „sag mir ganz einfach, was du willst, ja? Übertreib's nicht. Entscheide dich einfach."

„Ich möchte, daß du mich über die Brücke bringst", sagte sie, „auf dem da." Sie deutete abwechselnd auf ihn und das Fahrrad, so, als erkläre sie einem kleinen und nicht sehr schlauen Jungen etwas.
„Du meinst", antwortete Bob, indem er nobel an seiner Beherrschung festhielt, „du setzt dich auf den Sattel und ich schiebe?"
„Ja." Sie lächelte ihn süß an, und er verstand sofort, was Abbott gemeint hatte mit „schmeißt sich an jeden ran im Bus". Er verspürte einen plötzlichen Stich ungezielter Eifersucht, und fast wäre er einfach davongefahren; aber er hatte sich schon zu sehr verpflichtet, um jetzt noch einen Rückzieher zu machen.
„Gut. Wenn du das möchtest", sagte er so ungnädig wie möglich, stieg ab und hielt die Lenkstange fest. „Dann steig auf."
Sie thronte anmutig auf dem Sattel, saß seitlich und schlang gleich beide Arme um seinen Hals. „Wegen des Gleichgewichts", erklärte sie unschuldig, als er sie scharf anblickte.
„Fertig?" Er konnte das Spielchen ebensogut zu Ende spielen.
„Warte!" sagte sie drängend, und er wurde sofort wieder mißtrauisch. Kam jetzt der Knalleffekt? Doch es ging ein schrecklicher Ernst von ihr aus. „Halte nicht an", sagte sie. „Versprich, daß du nicht anhältst, bevor wir drüben sind."
Sie meinte es ehrlich. Es war entsetzlich wichtig für sie.
„Einverstanden", sagte er mürrisch.
„Versprich es."

„Hör mal, was verlangst du von mir?" brauste er auf. „Einen Eid auf die Gebeine meiner Vorfahren, oder was?"
Sie fürchtete sich vor seinem Zorn – fürchtete, daß er sie doch noch im Stich lassen würde, entschied er bei sich. Aber sie ließ nicht locker.
„Versprich es."
„Einverstanden", sagte er resignierend, „ich verspreche es. Können wir jetzt vielleicht losfahren, was meinst du?"
„Ja. Fahr jetzt los." Sie schöpfte tief Atem.
Er schob das Fahrrad an. Sie war sehr leicht, er spürte ihr Gewicht kaum: nur die Arme, die sich an ihn klammerten.
„Schneller." Ihre Stimme war fast ein Keuchen, und er überquerte die Brücke im Laufschritt, angesteckt von ihrem Drängen. Auf der Mitte bildete er sich ein, durch eine Barriere zu brechen, fest, obwohl nicht faßlich, und unsichtbar, und dann ging es bergab, und die Räder liefen leicht, und sie waren entkommen. Er hielt nicht inne, um die Illusion zu untersuchen. Weit hinter dem Fluß blieb er stehen.
„Zufrieden jetzt?" Er blickte zu Helen hinunter. „Heh!" Seine Stimme klang plötzlich alarmiert. „Fehlt dir was? Was ist los?"
Ihr Gesicht war weiß, die Lippen blutleer, und sie zitterte heftig. Ohne nachzudenken, legte er einen Arm um ihre Schultern, und sie vergrub ihr Gesicht in seinem Mantel. Wild blickte er um sich, hoffte jemand zu sehen, der helfen konnte, ihm sagen konnte, was er tun

sollte. Mrs. Whitcroft, natürlich. Sie waren fast bei ihrem Tor. Sie würde Bescheid wissen.
Vorsichtig, um das Mädchen nicht aufzuregen, begann er das Fahrrad herumzuschieben.
„Nein!" Sie hatte seine Absicht erraten, das Wort war beinahe ein Kreischen. Er erstarrte. „Mrs. Whitcroft –" fing er an, versuchte, vernünftig mit ihr zu reden.
„Nein! Es geht mir jetzt besser." Und das stimmte. Das Zittern hatte aufgehört, und ihre Wangen bekamen sichtlich wieder Farbe. „Nicht dieses alte Weib. Ich hasse sie!"
Bob hatte noch nie zuvor soviel Boshaftigkeit in einer Stimme gehört. Es erschütterte ihn so tief, daß er zu keiner Antwort fähig war. Langsam merkte er, daß sein Arm noch immer um die Schultern des Mädchens lag, und mit einer bewußten Anstrengung nahm er ihn fort.
Helen hüpfte vom Sattel. Sie lachte jetzt. Flatterhaft, das war das Wort, dachte Bob.
„Tom Selden, ich danke dir", sagte sie mit bedeutsamer Höflichkeit, die den Spott zudeckte. Warum nannte sie ihn Tom? Sie machte einen tiefen und anmutigen Knicks vor ihm, der eigentlich albern hätte sein sollen, es aber nicht war. „Du mußt deine Belohnung in Empfang nehmen."
Sie griff in die Tasche ihres Regenmantels, und ihre Hand erschien wieder mit einem Apfel, klein und reif. Sie streckte ihn ihm hin, wie eine Königin, die eine Gunst gewährt.
„Ich will ihn nicht."
„Aber du mußt. Es ist der Fahrpreis für die Bachüber-

querung." Sie lachte noch immer, ihre Füße waren unruhig, als wollten sie in einen heimlichen Tanz ausbrechen, sie warf den Kopf in den Nacken.
„Ich will ihn nicht!" wiederholte er schreiend.
„Nimm ihn, Tom. Wenn du ihn nicht willst, dann gib ihn doch Crooker." Noch immer hielt sie ihm den Apfel hin, und noch immer weigerte er sich, ihn zu nehmen, bis sie ihn ihm schließlich durch die Luft zuwarf und er ihn automatisch fing. Dann wandte sie sich um und rannte los, tanzte und wirbelte von ihm davon, immerzu lachend und singend, während sie dem Blick entschwand.
Bob schaute auf den Apfel in seiner Hand. Der Stiel war noch daran, und zwei kleine Blätter, frisch und grün. Aber – wo hatte sie ihn her, zu dieser Jahreszeit? Er sah so aus, als sei er eben erst vom Zweig gepflückt worden. Und wer war Crooker, der vielleicht den Apfel wollte, überlegte er kurz. Und was – vor allem, *was* ging vor?
Er schaute wieder den Apfel an, und etwas in seinem Hinterkopf begann sich zu regen. Er griff danach, aber er kam zu spät, und es war verschwunden. Vielleicht würde Mrs. Whitcroft etwas Licht auf diese Episode werfen können, doch er scheute vor dem Gedanken zurück. Er hatte den starken Verdacht, daß er nur noch weitere rätselhafte Bemerkungen ernten würde, und zur Zeit war er mit Rätseln mehr eingedeckt, als ihm lieb war.
Abwesend ließ er den Apfel in seine Tasche gleiten und fuhr nach Hause, als der Regen wieder einsetzte.

Zehn

„Verdammt und zugenäht", sagte Bob laut, als der Reifen mit einem vernehmlichen, schlangengleichen Zischen zusammensackte und die Felge des Hinterrades mit einem Mark und Bein erschütternden Kratzen über die Straße schrappte. Die perfekte Krönung eines perfekten Tages. Er reihte noch ein paar stumme Flüche an, während er wackelnd unter dem fahlen Licht einer Straßenlaterne zum Stehen kam, und stieg ab. Die Reißzwecke blinkte ihm aus ihrem sicheren Unterschlupf in der exakten Mitte des schlappen Reifens ironisch zu.

Ein äußerst passender Abschluß für einen, mit dem Besuch eines Marx-Brothers-Films vergeudeten Abend, dachte er wütend: der vorbildliche Bananenschalen-Ulk. Und er fand ihn auch nicht sehr viel komischer als den Film. Nicht, daß er etwa erwartet hätte, sich dabei zu amüsieren, i wo. Er war allein hingegangen, aus Trotz, obwohl er sich nicht ganz sicher war, wem oder was genau er damit zu trotzen gedachte; und jetzt war er durch seine Geste mitten in Crookston gelandet, ohne Beförderungsmittel nach Hause und wahrscheinlich mit dem nächsten Unwetter im Verzug.
Er stand da und erwog die verschiedenen Möglichkeiten. Er konnte trotzdem damit nach Hause fahren: das würde mit ziemlicher Sicherheit den Reifen vollständig in Stücke reißen und den zusätzlichen Vorteil besitzen, unbequem, mühsam und gräßlich laut zu sein. Diese Vorstellung sagte seiner Gemütsverfassung ungemein zu; aber ein unwiderlegbarer Rest gesunden Menschenverstandes verriet ihm, daß es schlicht und einfach nur töricht wäre. Andrerseits konnte er versuchen, es jetzt gleich zu reparieren. Er blickte hoch zu den dicken Wolkenfetzen, die über den Himmel trieben. Nach der augenblicklichen Lage der Dinge würde es voraussichtlich wie aus Kübeln schütten, sobald er so richtig mit der Arbeit begonnen hatte; und außerdem gab es wahrlich attraktivere Plätze, um einen Platten zu flicken, als ausgerechnet unter einer unzureichenden Lampe auf einer kalten und nassen Straße.
Vom Kino hinter ihm ertönte das trostlose Klappern und Schlagen der Türen, die zugemacht und abge-

schlossen wurden und ihn in die Nacht aussperrten. Die letzten Lichter verloschen. Alle waren nach Hause gegangen. Es bestand keine Hoffnung, jetzt noch jemand zu finden, der ihn im Auto mit zurück nach Brigg nehmen würde. Die Stadt war verödet, verriegelt bis zum Morgen.
Er schaute auf seine Uhr: halb Elf. Den letzten Bus hatte er nun glücklich auch verpaßt. Es schien ihm nichts anderes übrigzubleiben, als zu Fuß zu gehen.
„Hervorragend", murmelte er vor sich hin, „ganz hervorragend", als er sich abwandte und losmarschierte. Das Fahrrad war träge und ließ sich schwer schieben und fiel mit seinem gemeinen und unerträglichen Rasseln in die Stille ein. Er hatte es nicht nötig, das den ganzen Heimweg über zu ertragen, kam überhaupt nicht in die Tüte. Er konnte es bestimmt irgendwo unterstellen und morgen abholen. Die Schule bot sich natürlich zuerst an; aber die lag eine halbe Meile weit weg, in der Richtung, aus der er gekommen war: das bedeutete eine zusätzliche Meile Fußmarsch. Es blieb natürlich immer noch der Kirchhof. Daran mußte er sowieso vorbei. Trotzdem ...
Er hatte sich schon beinahe zum Rückmarsch umgewandt, da fiel ihm ein, daß die Schultore zu dieser Zeit verschlossen sein würden. Na, dann eben doch der Kirchhof. Eisern unterdrückte er die leise fragende Stimme, die von ihm wissen wollte, warum ihm die Schule lieber gewesen wäre, doch er konnte es nicht verhindern, daß ihm Mr. Denisons Bemerkung wieder einfiel: „Sie glauben nicht an Gespenster – aber nichts-

destotrotz wären sie überhaupt nicht scharf darauf, eine Nacht mutterseelenallein auf einem heimgesuchten Kirchhof zu verbringen, bloß um zu beweisen, daß sie recht haben." Komm, stell dich nicht so an, sagte er sich, du mußt da ja nicht die ganze Nacht verbringen.
Der Wind sprang auf, als er die Straße kreuzte, und die Eiben schwankten leicht, mit kaum hörbarem Knarren. Bob würde sich kein Zögern erlauben. Mit beträchtlicher Mühe manövrierte er das Fahrrad unter die Äste des dem Tor am nächsten stehenden Baumes und hoffte, daß es von der Straße aus nicht zu sehen sein würde. Wenn er Glück hatte, würde das dichte Laubwerk den ärgsten Regen abhalten. Jammerschade, daß seine Radbeleuchtung dynamogetrieben war: so hatte er keine Lampe, die er mitnehmen konnte. Aber dann ist es wenigstens auch für einen anderen sinnlos, die Lampe zu stehlen, sagte er zu sich selbst und tat so, als wäre dies seine Hauptsorge gewesen.
Er trat aus dem Kirchhoftor und ging flott die Straße zu seiner Linken hinunter, nur um schon nach wenigen Schritten wieder stehenzubleiben. Warum hier entlang? fragte er sich. Das wäre doppelt so weit. Vielleicht nimmt mich unterwegs jemand mit dem Auto mit, dachte er und wußte, daß es nicht so sein würde. Zu dieser nachtschlafenden Zeit gab es hier kaum Verkehr. Der Weg wird um einiges matschiger sein, fuhr er vernünftelnd fort; und da gibt's auch keine Straßenlaternen, die einem die Pfützen zeigen. Es wird dunkel sein.
Genau. Das ist der springende Punkt: es wird dunkel sein. Na los, gib's schon zu, sagte er zu sich selbst, du

magst den anderen Weg nicht gehen, weil du Angst vor der Dunkelheit hast. Wie ein kleines Kind. Nein, hab ich nicht, polterte er zurück, es ist nur, ich find's eben einfach bescheuert, durch den Schlamm zu latschen, wenn es eine perfekt und erstklassig gut-beleuchtete Straße gibt. Ich meine, bei etwas gesundem Menschenverstand ...
Der Ehrenwerte Bob Selden, dachte er mit einem Hohnlächeln über sich selbst, hat Schiß vor der Dunkelheit. Wovor hast du denn überhaupt Angst? Vor Kobolden?
Ja! schrie ihm sein Bauch entgegen.
Doch da war noch eine größere Furcht: Furcht vor Wahnsinn, dem schnatternden Irrsinn, der auf ewig in seinem eigenen Alptraum gefangen war und von seinen selbsterschaffenen, unvorstellbaren Schrecken gejagt wurde. Und erneut packte ihn die Furcht vor der Furcht.
Er stand reglos auf der Straße. Wenn ein Pferd ein Hindernis verweigert, dann zwingt man es immer zu einem weiteren Versuch. Piloten sollten nach einem Absturz so schnell wie möglich wieder fliegen. Fängt man einmal an, vor der Angst davonzulaufen, hört man nie mehr damit auf. Für den Rest seines Lebens kann man dann immer die leisen Füße hinter sich hertapsen hören.
Er zwang seinen Körper, seinem Willen zu gehorchen, machte kehrt und ging zurück, am Kirchhof vorüber. Er wirkte jetzt fast freundlich – dunkel und traulich. Na bitte, sagte er triumphierend zu sich, davor hattest du

auch Angst, und es ist nichts passiert. Es ist eine dunkle, windige Nacht, und du bist etwas zu phantasievoll. Niedergeschlagen dazu. Das ist alles.
Er verhielt nur sekundenlang und bog dann auf den Weg unter den Bäumen ein. Der Wind ächzte in den Zweigen, ein dumpfes, unheilvolles Knurren, und ein plötzliches Regentropfengeprassel stürzte ihm aus den schwarzen, wischelnden Blättern ins Gesicht und ließ ihn hochfahren. Die Schatten johlten ihn an, und sonderbares Rascheln drang aus dem Unterholz. Mit einmal hatte er das Gefühl, von Augen beobachtet zu werden, kalt und feindselig und grausam.
Er blieb stehen und sah sich um, beschrieb einen vollen Kreis und zwang sich, es langsam und ohne Hast zu tun. Sieh dich um. Sorgfältig. Laß dir Zeit.
Nichts.
Alles nur Einbildung. Da ist rein gar nichts dabei, es ist völlig normal, nichts weswegen man sich Sorgen machen müßte. Die irrationale Furcht vor Wäldern und Forsten kannten schon die alten Griechen und Römer. Sie begriffen das und erfanden einen dazugehörigen Gott, den sie Pan nannten. Was er jetzt erlebte, war bloß die Angst vor dem Waldgott. Panische Angst.
Als er das Gefühl analysierte, fühlte er sich besser, und als er weiterging, wich die Furcht. Pan, der halbe Ziegenbock. Warum hatten sie dem Gott gerade dieses Aussehen verliehen, wunderte er sich. Ob Wildziegen in den Olivenhainen der Griechen geweidet hatten? Eine Phrase von Debussy glitt ihm in den Sinn, goldsonnig, und das plötzliche Bild einer Marmorsäule, die weiß

vor dem Blau eines tiefen Sommerhimmels gleißte. *L'après-midi d'un faune* – irgendein Trottel hatte das mal mit „der Nachmittag eines Farns" übersetzt.

Die mythologische Träumerei hatte ihn ordentlich gestärkt, und beinahe müßig folgte er dem Gedankengang. Natürlich hatten nicht nur die Bocksfüßigen die Wälder bewohnt. Es hatte die Nymphen gegeben – Dryaden und Baumnymphen und Oreaden. Zentauren. Und die dunkleren Wälder des Nordens hatten dann wieder andere Geschöpfe geboren. Zwerge und Trolle. Menschenfresser.

Das war ein Fehler. Die Panik strömte wie eine Woge zurück, und seine brave Sandburg der Sicherheit zerbröckelte und rutschte bei der Erinnerung an die Schrecken der Märchen in sich zusammen: knochenzermalmende Menschenfresser mit langen, grausamen Krallen und scharfen, grünen Fängen. Er blickte sich abrupt um und sah die Lichter der Hauptstraße, noch in Reichweite. Noch konnte er zurückgehen; es war nicht zu spät.

Störrisch marschierte er weiter. Seit er sich seine Angst eingestanden hatte, war es zum Umkehren zu spät. Voraus wurde der Weg heller. Nur noch zwanzig Schritt, redete er sich gut zu, und dann bist du raus aus dem Wald und aus dem übrigen auch. Zwanzig Schritte – sagen wir fünfundzwanzig. Zähl sie. Ruhig. Gehen, nicht rennen. Fünfzehn, vierzehn, dreizehn ... siehst du, es ist ganz einfach.

Ein Ast fiel geräuschvoll hinter ihn, krachte durch die Blätter, und er hätte beinahe aufgeschrien. Es ist nur der Wind, rief er im stillen, doch sein Schritt beschleunigte sich. Gehen, befahl er sich selbst. Da ist nichts hinter dir. Fünf Schritte, vier, drei ... Er trat hinaus ins Mondlicht.

Er schaute hoch zu den dunklen Wolken, die mit einem Silbervlies umsäumt nahe dem Mond hingen. Es gab ein großes Stück freien Himmels, stellte er mit Erleichterung fest, bevor die nächste Wolke herangetrieben sein würde, um das Licht zu ersticken. Er würde Zeit haben, ein gutes Stück auf dem Weg vorwärtszukommen. Er schlug ein energisches Tempo an.

Hinter ihm winselten und klagten die Bäume im Wind, und von jenseits der Felder zu seiner Linken konnte er das gedämpfte Brausen des Flusses hören, der noch immer zu einem reißenden Strom angeschwollen war. Er warf einen raschen Blick in die Richtung, wo die große Esche auf ihrem Ufer wie eine einsame Schildwache stand, doch der Baum war unsichtbar, eingehüllt in einen Mantel aus Dunkelheit.

Der Wind frischte auf, bemerkte er. Das Lärmen der Bäume war bestimmt lauter geworden. Fast konnte er sich vorstellen, daß die hin und her peitschenden Zweige einander in einer Sprache zuriefen, die er nicht verstand, und ihn mit einem gewaltigen und schrecklich pflanzlichen Lachen verhöhnten. Er sah sich die Heckenreihen zu beiden Seiten genauer an, und ein plötzliches Gewusel bei seinen Füßen ließ ihm das Herz bis zum Hals schlagen. Nichts, sagte er wieder zu sich, verzweifelt. Es ist nur ein Igel; oder eine Ratte. Es ist nichts. Beruhige dich.

Im Freien war es nicht soviel besser, wie er gehofft hatte. Unter den Bäumen hatte er Angst vor der Enge verspürt, so als könnten sie jederzeit mit einem Tosen vom Himmel fahren, um ihn auszulöschen; doch hier im Freien fühlte er sich ausgeliefert, wie ein auf ein Brett gespießter Schmetterling, Angriffen wehrlos ausgesetzt.

Kalter Schweiß brach ihm aus. Das klare, boshafte Mondlicht warf seltsam krumme Schatten, die sich wanden und rankten, als versuchten sie ihn einzufangen. Er riskierte einen neuerlichen Blick hinter sich, mehr als nur halberschreckt vor dem, was er sehen könnte, und der *Ancient Mariner* fiel ihm ein:

... er dreht den Kopf nicht mehr;
denn er weiß wohl, ein furchtbar Feind folgt dicht ihm hinterher ...

Und noch immer war da nichts, nichts außer den schwachen Umrissen der Bäume gegen den Himmel und dem Geruch von Unheil in der Luft und der Furcht, die mit ihm ging.

Er dachte daran zu singen, zu versuchen, den Bann zu brechen, etwas einfaches, heilsames, ein Lied über Sommer und Sonnenschein. Mit unsicherer Stimme begann er:

„Es war am fünften im August
Das Wetter –"

Abrupt brach er ab. Im Dunkeln pfeifen. Es nutzte nichts: wenn es überhaupt etwas bewirkte, dann, daß er sich noch schlechter, noch mehr allein, verlassen und aufgegeben fühlte. Das Geheul der Bäume schien jetzt

schier ohrenbetäubend, obwohl er sich schnell von ihnen entfernte. Zum ersten Mal hörte er ein dem Tumult untermischtes sonderbares, trockenes Knarren, das ihn um so mehr erschreckte, weil er dessen Ursprung nicht auf Anhieb feststellen konnte.
Sein Herz stockte wieder, als vor ihm eine kleine Gestalt über den Weg schoß. Es war bloß ein Kaninchen – er sah die Blume mattweiß blitzen, als es im Graben untertauchte. Das arme kleine Ding hat sogar noch mehr Angst als du, dachte er und hoffte, aus dieser Vorstellung etwas Trost zu beziehen; doch das mitempfundene Entsetzen des Kaninchens verschmolz mit seinem eigenen und steigerte dies, als sich das Licht trübte. Panisch blickte er hoch und war erleichtert, daß es nur eine kleine Wolke war, die über das Antlitz des Mondes zog. Es würde nur ein paar Sekunden dunkel sein, diesmal.
Das fahle Licht kräftigte sich wieder, und er sah den Schatten auf dem Weg vor sich, die gekrümmten, packenden Hände, vielfingerig, die kamen, um zu zerreißen und zu erdrücken. Entsetzen griff nach seiner Vernunft. Wahnsinn, kreischte ein Teil seines Geistes, wir sind alle wahnsinnig. Nein, winselte sein flackernder Verstand, es ist nur der Schatten eines Baumes, mehr nicht. Es ist nur ein Baum. Nur...
Welcher Baum?
Der Schock lähmte sein Gehirn, und er erstarrte mitten in der Bewegung. Da war kein Baum, da konnte nichts sein, um einen solchen Schatten zu werfen. Mit der fürchterlichen Ruhe, die dem schließlichen Erkennen

entspringt, daß es kein Entkommen gibt, wandte er sich um und blickte offen auf das Grauen, das hinter ihm auf dem Weg stand.

Eine Ewigkeit, die fünf Sekunden dauerte, stand er versteinert und tastete in seinem erschütterten Geist nach einem Gebet. *Erhelle unsere Finsternis, wir bitten Dich, O Herr*... Die Äste der Esche knarrten und stöhnten, und diese Bewegung befreite ihn aus seiner Erstarrung. Er drehte sich wieder um und rannte, blind, wilde Haken schlagend, während die Schatten schlurfend und heulend näherrückten. Die erloschene, graue Stimme murmelte „Töten", und das Wort glitt ihm wie ein Messer in den Bauch, kalt und scharf... *und beschirme uns durch Deine große Gnade*...

Die Brücke, du mußt über die Brücke kommen! Er schaute auf und sah sie schwach und silbern im Mondlicht schimmern und wußte, daß sie zu weit war, ein Leben weit entfernt... *vor allen Übeln und Gefahren dieser Nacht*... Sein Fuß rutschte im Matsch aus, und er schlug hin, rollte sich in einem vergeblichen Ausweichmanöver ab. Er spürte, wie sich etwas in seinen Schenkel grub, hart, rund, in seiner Tasche. Kopflos griff er danach. Der Apfel. Bei der Brücke hatte sie ihn ihm gegeben. Versuch es, versuch alles. Gedankenlos und ohne Hoffnung warf er ihn nach seinem Feind.

Die klammernden Arme zogen sich mit einem Zweigekrachen zurück, das wie das Krachen morscher Knochen klang. Auf Händen und Knien nach Atem schluchzend, kam ihm ihre Stimme in den Kopf: „Gib ihn doch Crooker" und das Lachen.

Dann war er wieder auf den Beinen, rannte, und suchte in seinen Taschen bereits nach einer neuen Waffe. Sein Taschenmesser. Er zog es flatternd heraus und ließ es dabei fast fallen. Mit beinah unkontrollierbar zitternden Fingern klappte er die Klinge auf, und im selben Moment kehrten die Schatten zurück. Um ein Haar hätte er das Messer sofort geworfen, doch was von seinem Verstand übriggeblieben war, schrie ihm zu: nein, warte, noch nicht. Warte, bis es dichter heran ist, Zeit gewinnen, lauf solange du kannst. Wenn es funktioniert, wirst du näher an der Brücke sein, wenn nicht, kommt es sowieso nicht darauf an, nicht mehr. Die Schatten wuchsen, die Stimme knarrte „Töten!", und noch immer hielt er es fest, wartete – ... *und beschirme uns durch Deine große Gnade* ... – bis er die Zweige nach seinem Mantel tasten fühlte, und mit einem mächtigen Schrei drehte er sich um und schleuderte das offene Messer mit aller Kraft und schwang sich wieder herum, so daß er kaum aus dem Schritt kam. Wieder verschwanden die Schatten. Aufschub. Er schaute nach vorn zur Brücke. Nicht mehr weit jetzt. Fünfzig Schritt. Weniger.

Doch seine Kraft ließ nach, sein Tempo verlangsamte sich unerbittlich. Der Schlamm zerrte an den Füßen, und seine Lungen glichen zerschlissenen Fetzen, zerrieben von seinem schweren, nach Luft ringenden Keuchen. Das Blut hämmerte ihm in den Ohren, pochte laut über den Feldern, als würde der Himmel selbst dröhnen. Ein stetiges, trommelndes Crescendo – ... *um der Liebe Deines einzigen Sohnes, unseres Erlösers, wil-*

len... – war es in seinem Kopf oder draußen? Er konnte es nicht sagen. Es spielte auch keine Rolle. Sein Verfolger war wieder da, dicht hinter ihm, und er besaß keine Waffe mehr.
„Töten", zischelte und wisperte ihm die Stimme voll rasendem kaltem Haß ins Ohr. *„Töten!"* Und der Strom röhrte und der Wind heulte Zustimmung.
Zehn Schritte, fünf...
Am Rande der Sicherheit stürzte er wieder mit dem Gesicht in den Matsch. Dies war das Ende. Er wußte, er besaß nicht mehr die Kraft, noch einmal aufzustehen. Das Trommeln dröhnte in seinen Ohren, ertränkte die gehässigen Stimmen, und er scharrte mit den Fingern im Schlamm, versuchte vergebens, sich vorwärts zu zerren.
Ein sehniger Ast schloß sich fest um seinen Knöchel. Das Grauen stand über ihm und weidete sich an seinem Opfer.
Sein Geist klärte sich, und er wußte, daß ihm wenigstens seine ärgste Furcht erspart geblieben war. Das war keine Wahnsinnshalluzination. Er würde den Rest seines Lebens nicht auf der Flucht vor seinen eigenen Alpträumen verbringen müssen. Er würde jetzt sterben, wenn er mußte, und dann für immer geistig normal sein. Er spürte, wie seine Hände durch den Matsch glitschten und die Fingernägel splitterten, als er von der Brücke fortgeschleppt wurde.
Und der Donner schwoll mächtiger an, als die Erde bebte, und sie kamen. Sie kamen aus Osten, ritten auf dem Wind hoch über den wogenden Zweigen, ritten

inmitten der Wolke aus Sternenschein, den sie verströmten, Umhänge flatterten in dem wirbelnden, klirrenden Gelächter. Hinter sich hörte er ein gelles, geisterhaftes Kreischen, in dem sich Schmerz und Angst und ohnmächtige Wut paarten. Der Klammergriff um seinen Knöchel erschlaffte und war fort, und er war frei.

Er lag still, die Finger wie aus irgendeinem Instinkt in die weiche Erde gekrallt, und beobachtete die wilden und prächtigen Jäger. Die Hunde stürmten vorweg, weiß und gefleckt, und bellten ihre Erregung heraus, als die Lords über seinem Kopf dahindonnerten. Grün waren ihre Umhänge und hell vom Gold der Broschen und Spangen. Die Mähnen der Pferde strömten im Wind ihres rasenden Zugs, und die Luft war erfüllt vom Klingeln der Silberglöckchen. Ein Gedanke keimte in Bob, doch er hatte keine Ruhe, ihm zu folgen.

Sie ritten einen Abhang im Himmel hinunter, bogen durch den Wind dem Weißdornbaum auf dem Hügel zu, wo ihr Pfad auf den Boden mündete. Der Baum brach in ein strahlendes Leuchten aus, das die Dunkelheit verbannte, während sie einer nach dem anderen heiter durch die Gabel des Stamms zogen und seinem Blick entschwanden. Er sah, wie die königliche Erscheinung des letzten Reiters am Torweg verharrte und den Blick zurück über das Land schweifen ließ. Er setzte sein Horn an die Lippen.

Der süße, durchdringende Jagdruf schallte in die Nacht hinaus; und dann wandte auch er sich um und ritt aus der Welt. Der strahlende Baum verblaßte und hinter-

ließ in Bobs Augen ein flüchtiges Bild, das ebenso verging. Tiefe Stille senkte sich hernieder.
Bob schaute dumm auf seine mit schwarzem Schlamm bedeckten Hände, da ging ihm plötzlich ein Licht auf.
Erinnerungsbruchstücke kamen zusammen, fügten sich nahtlos aneinander: der mysteriöse Verlust seines Flötenkastens, Mrs. Whitcrofts besorgter Blick, Mr. Denisons Stimme, die sagte: „Es kann ein Apfelbaum oder vielleicht ein Weißdorn gewesen sein", der Streit mit Dawson und Abbott, das Mädchen, wie es Cello spielte – sogar Sally, wie sie am Fuße des Hügels zitterte.

„Und siehst du nicht den schönen Weg,
Der durch den farn'gen Hügel dringt?"

sagte er laut und verwundert und verfolgte, wie der Schlick von seinen Fingern troff.

„Das ist der Weg ins Elfenland ..."

Zittrig kam er auf die Füße und stolperte über die Brücke, hinunter zu Mrs. Whitcrofts Gartentor, und die Verszeile wollte ihm nicht aus dem Kopf gehen. *Das ist der Weg ins Elfenland ... das ist der Weg ...*
Jetzt war die Zeit reif, darüber zu reden; jetzt, wo er wußte, was vor sich ging.
Mit Mühe fand er den Torriegel und torkelte wie betrunken über den Pfad zur Haustür. Es brannte noch Licht. Gut, er würde sie nicht aus dem Bett holen ... *der Weg ins Elfenland ...* Er hatte Schwierigkeiten, die Klingel zu finden, und die Tür schwankte ihm wie toll vor den Augen.

Mrs. Whitcroft kam schnell, entriegelte die Tür und öffnete sie weit. Sie blickte auf die taumelnde, schlammverkrustete Gestalt vor sich; Sorge lag in ihrem Blick und noch etwas, das er nicht deuten konnte. Es spielte keine Rolle. Doch Überraschung war es nicht, das wußte er sicher.

Bob klappte den Mund mehrmals wortlos auf und zu. Er hatte zu zittern begonnen infolge der Reaktion und des Schocks. Das ganze Haus schaukelte langsam und Übelkeit erregend.

Dann: „Ich weiß, warum Sie mich Tom nennen", sagte er und brach zusammen.

III

In iener zit von künic artvs tagen,
darvmb diu britten so vil erens sagen,
diz lant waz gantz dem elffen folk
  erschlvossen.
diu feyen fürstinn vnt ir fro getrvossen,
tanzete vil oft in blvomen vnde kle.
so erfant ichs in alter schrifften ste.
ich sag von vor vil hundert jar;
doch hewt kein man niht elffen mer
sen kan.

      Chaucer: *The Wife of Bath's Tale*

Elf

„Wegen Thomas dem Reimer, stimmt's?" Er saß dicht am Feuer, die Finger beider Hände um einen großen Porzellanbecher Kaffee geschlungen. Auf diese Art, fand er heraus, konnte er das Zittern seiner Hände fast bändigen.
„Ich dachte nur –" Mrs. Whitcroft zögerte, als mache sie die Erklärung etwas verlegen. „Du sahst mir irgendwie danach aus." Er wirkte verwirrt, und sie mußte weiter erklären. „Es scheint häufig Menschen gegeben zu haben mit einer Art – ich weiß nicht – Verbundenheit, vielleicht, zu derlei Dingen."

„Wie eine übersinnliche Veranlagung – ich meine, Geisterseherei und ähnliches?"
„Nun, so in etwa, denke ich. Und Tom ist die Sorte Name ... Tam Lin, und natürlich Thomas der Reimer." Sie blickte vom Feuer auf. „Weißt du, es steckt viel in einem Namen", sagte sie beiläufig.
Bob antwortete einen Augenblick lang nicht.
„Thomas von Ercildoune", sagte er leise. Plötzlich saß er bolzengerade.
„Heh! Ercildoune – Selden. Glauben Sie, der war ein Vorfahre von mir? Mein Vater heißt auch Thomas. Mein Großvater hieß ebenso. Das ist so eine Art Familientradition. Wußten Sie das?"
„Ehrlich gestanden, nein", sagte Mrs. Whitcroft mit einem kleinen Lächeln. „Der Gedanke war mir überhaupt noch nicht gekommen. Meines Erachtens ist das wahrscheinlich nur ein Zufall."
„Trotzdem, man kann nie wissen. Einige von der Familie könnten doch hierher gezogen sein, und der Name könnte sich verändert haben." Die Idee begeisterte ihn, und Mrs. Whitcroft ließ ihn gewähren. Es gab anderes, wichtigeres, zu besprechen, aber erst brauchte er Zeit, um sich zu erholen.
„Ich frage mich, ob ich das herausfinden könnte. Wie würden Sie das anfangen? Es kann ziemlich lange her sein, daß sie in diese Gegend zogen. Ich könnte es mit Kirchenbüchern und ähnlichem versuchen, so wie der Bursche in *Die Frau in Weiß*. Wo liegt übrigens Ercildoune? Mr. Denison sagte im Grenzland – ich schätze, er meinte damit Schottland."

„Berwick-on-Tweed, glaube ich. Da liegen zumindest die Eildon Hügel. Es muß da irgendwo in der Gegend sein."

Seine Stimme hörte sich wieder normal an, und in sein Gesicht kam Leben. „Ich hoffe, es stimmt. Das wäre riesig, einen Propheten in der Familie zu haben, der wirklich gesehen –" Er brach plötzlich ab, befand sich wieder in der Gegenwart.

„Du meinst, noch einen?" fragte Mrs. Whitcroft ruhig. Dann sagte sie nach einer kurzen Pause: „Tom, was ist passiert?"

Er war überrascht. „Aber ich dachte, das wüßten Sie."

„Ich glaube, ich weiß es so ungefähr. Es ist still hier draußen, weißt du, und man kann alles sehr gut hören. Gerade in letzter Zeit – hauptsächlich bei Sonnenuntergang und in der Dämmerung – war mir so, als ob einige der Dinge, die ich hörte, nicht ganz so waren ... wie sie es hätten sein sollen. Und ich begann, Angst zu bekommen – oh, nicht um mich", setzte sie rasch hinzu, „ich bin sicher; aber ich hatte so ein Gefühl."

Bob schaute sie eigentümlich an. „Ich bin hier wohl nicht die einzige Person mit einer gewissen Verbundenheit?"

Sie antwortete nicht direkt, sondern sagte: „Es gibt Orte, ebenso wie Menschen. Aber das braucht dich jetzt alles nicht zu kümmern. Du mußt mir genau berichten, was vorgefallen ist."

Bob starrte ausdruckslos ins Feuer, überlegte sich, wo er beginnen sollte. Eine Frage mußte er stellen, über eine Sache mußte er Gewißheit haben.

„Es ist nicht sie, nicht wahr?" sagte er, mit einer zu nebensächlich klingenden Stimme.
Mrs. Whitcroft wußte, was er meinte.
„Ich fürchte nicht. Es ist, was man früher einen Wechselbalg nannte. Helen wurde geraubt."
Bob empfand eine seltsame Erleichterung, jetzt, da der Sachverhalt offen beim Namen genannt worden war.
„Wie ist es passiert?" fragte die alte Dame.
„Sie tanzte – um den Weißdornbaum oben auf dem Hügel. Sie kamen und nahmen sie dann mit. Ich war dort. Ich konnte nichts tun, ich konnte nicht aufhören zu spielen. Es war meine Schuld." Er starrte auf den Fußboden, seine Stimme klang matt und tonlos.
„Es muß noch mehr gewesen sein, Tom", sagte Mrs. Whitcroft behutsam. „Erzähl mir alles: die ganze Geschichte."
Bob schüttelte sich im Geist wie ein nasser Hund und warf sein Selbstmitleid ab.
„Da gibt es eigentlich nicht viel zu erzählen, ehrlich." Seine Stimme klang kräftiger, und sie war erleichtert, als er sich aufrecht hinsetzte und ihr direkt ins Gesicht sah. „Letzten Freitag – nein, ich meine vorvorigen Freitag, da fing alles erst richtig an – ging ich auf den Hügel hoch und setzte mich unter den Baum."
„Um welche Zeit war das?" warf Mrs. Whitcroft ein und nickte, als er fortfuhr:
„Gegen halb Neun, würd ich meinen – nach unserer Probe. Bei Sonnenuntergang, jedenfalls." Er hielt einen Moment inne. „Es scheinen eine Menge Dinge bei Sonnenuntergang passiert zu sein", erläuterte er, ehe er

seine Geschichte fortsetzte. „Ich hörte diese Melodie: also, ich vermute inzwischen, daß ich sie wirklich gehört haben muß. Damals dachte ich noch, ich würde sie komponieren. Doch später stellte ich fest, daß ich sie nicht aufschreiben konnte. Ich weiß noch immer nicht warum – ich erinnere mich sehr gut an sie. Egal, den anderen Tag –"
„Wann genau?"
„Wieder Freitag."
„Wieder Freitag, und dazu der dreiundzwanzigste Juni. Der Mittsommernachtsabend. Wann sonst?" Sie schien mit sich selbst zu reden.
Bob wartete einen Augenblick.
„Soll ich weitererzählen?"
„Ja, bitte."
„Also, wir – das heißt, Helen und ich – wir gingen da wieder hoch. Ich weiß noch, daß ich selbst nicht besonders scharf darauf war, aber sie ließ nicht locker." Er dachte an seine halbherzigen Versuche, sie davon abzubringen. Warum hatte er seinem Unterbewußtsein nicht ein bißchen besser Gehör geschenkt? Aber damals hatte er es nicht wissen können. „Sie wollte, daß ich ihr diese Melodie vorspiele. Das wollte ich zuerst auch nicht: ich hatte Angst davor. Aber schließlich hab ich's doch gemacht. Und dann kamen die – diese Mädchen kamen heraus und tanzten mit ihr, und dann verschwanden sie alle. Das ist alles."
„Da muß ganz bestimmt noch mehr sein. Denk nach, Tom – besonders an das erste Mal. Was geschah noch?"

Bob schickte seine Vorstellungkraft zurück und schuf die Szene neu. Plötzlich entsann er sich der Illusion der Esche, die in der Dämmerung auf ihn zugerast kam, und er schauderte unwillkürlich: beileibe nicht nur eine reine Illusion. Doch was war noch geschehen?
„Da war dieser Nagel", sagte er schließlich. „Ich lehnte am Baum, und er stach mir in den Rücken. Ich zog ihn heraus. Ist das wichtig?"
„Das ist wichtig", bestätigte Mrs. Whitcroft und klang traurig. „Das ist beinahe das letzte Stück. Ich frage mich, wer ihn dort eingeschlagen hat, und wie lange das her ist. Ich frage mich, was es ihn gekostet hat." Sie sagte einen Moment lang nichts, und Bob wollte die Stille nicht brechen. Schließlich fuhr sie fort: „Sie waren in ihr eigenes Land eingeschlossen, verstehst du. Und dann kamst du und hast ihnen das Tor geöffnet, du hast am Mittsommerabend bei Sonnenuntergang ein junges Mädchen mit dir hinaufgenommen, du hast für sie gespielt, und es war Vollmond. Du hast sie herausgerufen, und was sonst hätten sie tun sollen, als zu kommen?"
„Aber ich kann es nicht gewesen sein", protestierte Bob laut und fühlte sich verzweifelt. „Wie konnte ich das denn wissen? Es war nicht meine Schuld." Sein Selbstmitleid war zurückgekehrt, und er schämte sich dessen.
„Ich habe ja auch nicht gesagt, daß es deine Schuld war, Tom. Ich sagte, du hast es getan. Das ist nicht unbedingt dasselbe, verstehst du."
„Nein. Entschuldigung. Und irgendwie wußte ich es auch." Er riß sich zusammen und war wieder ruhig.

„Aber ich dachte . . ." Er beschloß, es zuzugeben. „Ich dachte, ich würde anfangen, Gespenster zu sehen, und ich wollte die Geister so etwas ähnliches wie bannen." Er brachte ein schwaches, reumütiges Lächeln zustande. „Und statt dessen habe ich sie anscheinend erst recht heraufbeschworen. Aber so ganz kapier ich es noch immer nicht: Ich erinnere mich jetzt daran, nach Hause gegangen zu sein; aber damals habe ich das einfach alles vergessen – bis heute abend. Haben die – haben sie das getan? Meine Erinnerung ausgelöscht?" Es war ein erschreckender Gedanke.
„Ich glaube nicht, daß sie es waren. Ich glaube nicht, daß sie das können." Mrs. Whitcroft überlegte kurz. „Als du in dieser Nacht nach Hause kamst – was geschah da?"
„Nicht viel. Ich ging bloß rein und hab ferngesehen. Ferngesehen!" wiederholte er und schüttelte ungläubig den Kopf.
„Hat dich jemand geküßt?"
Bob fühlte, wie ihm die Röte ins Gesicht schoß und war deswegen wütend auf sich.
„Nein", sagte er knapp.
„Nichts dergleichen?" beharrte Mrs. Whitcroft. „Es könnte wichtig sein."
„Gar nichts." Er dachte sorgfältig darüber nach, ließ die Reihenfolge der Ereignisse im Geist ablaufen. „Das heißt, es sei denn, man zählt Sally mit", sagte er zuletzt.
„Aha." Die alte Dame war erleichtert. „Es ist gut zu wissen, daß die alten Regeln noch zu gelten scheinen. Das wird es sein, natürlich. Sie hat dich abgeleckt?"

„Jetzt, wo ich darüber nachdenke, sie war ziemlich aufgeregt, als ich kam – sprang überall an mir hoch und veranstaltete einen ordentlichen Wirbel. Aber ich kapier's noch immer nicht."
„Das kommt in den Geschichten vor", erklärte Mrs. Whitcroft. „Man findet darin sehr oft, daß der Held, sobald ihn jemand nach einer solchen Sache küßt, alles vergißt, was vorgefallen ist – besonders, wenn ein Mädchen mit im Spiel ist. Für gewöhnlich ist es natürlich ein menschlicher Kuß – von der Rivalin um seine Gunst; doch eine Spanielhündin galt schon immer als ein mächtiger Schutz gegen die – gegen sie. Das wäre also die Erklärung hierfür."
„Es erklärt auch noch etwas anderes", sagte Bob nachdenklich. „Am nächsten Tag hatte sie Angst. Ich meine, alle beide hatten sie Angst." Er merkte, daß er sich nicht übermäßig verständlich ausdrückte, und begann von neuem. „Ich traf Helen – nein, nicht Helen; diese andere – oben auf dem Hügel. Das war auch bei Sonnenuntergang. Ich suchte meinen Flötenkasten. Ich hatte ihn natürlich die Nacht zuvor dort liegenlassen und es dann vergessen. Ich schätze, ich war gerade zu der Zeit nicht eben in dem Zustand, wo man seine Sachen ordentlich aufräumt. Na jedenfalls wollte Sally nicht kommen, als ich sie rief, wenigstens nicht gleich; und als sie dann kam, zitterte sie. Und die Sache war, sie, das ... das Mädchen – fürchtete sich auch vor Sally. Ich fand das damals komisch, denn vorher waren sie eigentlich prima miteinander ausgekommen. Sie haben es ja erlebt, als sie beide hier waren. Die wirkten

doch wirklich nicht so, als hätten sie Angst voreinander. Aber ehrlich gesagt hab ich nicht weiter Notiz davon genommen. Ich hatte den ganzen Kram wohl ein wenig satt..." Seine Stimme franste aus. Dann sagte er: "Sie sagte, sie hasse sie – Sally, meine ich. Und später sagte sie dann, sie hasse –" Er brach abrupt ab.
"Mich?"
"Ja. Sie muß gewußt haben, daß Sie sie durchschauen würden. Aber hören Sie, kümmern Sie sich um all das nicht. Die Frage ist, was unternehmen wir dagegen?"
Ein entsetzlicher Gedanke durchfuhr ihn. "Können wir denn etwas unternehmen?" fragte er in nahender Panik.
"Aber ja." Die alte Dame klang zuversichtlich. "Wir können schon etwas unternehmen. Es ist noch nicht alles vorüber, ganz und gar nicht. Wir werden am Freitag den Gegenangriff einleiten."
Er war entgeistert.
"Aber heute ist erst Dienstag. Bestimmt –"
"Nicht vor Freitag." Mrs. Whitcroft gab sich bestimmt. "Zuerst einmal werden wir Hilfe brauchen – du wirst Hilfe brauchen, meine ich", verbesserte sie sich. "Und überhaupt, es muß Freitag sein. Daran können wir nun mal nichts ändern."
"Na gut", kapitulierte Bob. "Sie müssen's schließlich wissen. Aber was für eine Art Hilfe brauchen wir denn? Ich sehe keine große Hilfe drin, zur Polizei zu laufen. Die würden bloß einen Psychiater holen."
"Nein, die Polizei nicht. Wir müssen uns jemand Vertrauenswürdiges besorgen – einen Mann." Sie lächelte

leicht. „Ich glaube nicht, daß sie – Die Leute – schon von der Emanzipation gehört haben; und wenn doch, würden sie wahrscheinlich nicht viel davon halten."
Bobs Sorge ließ ihn plötzlich weit vom Thema abschweifen.
„Hören Sie, eine Sache wollen wir doch mal klarstellen", sagte er. Er war über das ständige Um-den-Brei-herumreden verstimmt, obwohl er wußte, daß er sich dessen selbst schuldig gemacht hatte. „Nennen wir die Dinge doch bei ihrem richtigen Namen. Sie meinen die Elfen."
„Sag das nicht!" Mrs. Whitcrofts Stimme war scharf. „Sie mögen es nicht, und es bringt kein Glück. Wir haben schon genug Schwierigkeiten und brauchen uns keine weiteren aufzuhalsen. Wir werden sie weiterhin Die Leute nennen, bitte. Es ist sicherer."
„Tut mir leid." Der kurz aufgebrauste Ärger legte sich ebenso schnell, wie er gekommen war. „Ich glaube, ich wußte das ohnehin." Er überlegte kurz. „An wen sollen wir uns nach Ihrer Meinung dann wenden? Wie wär's mit Dad?"
Mrs. Whitcroft war unschlüssig.
„Denkst du, er würde dir glauben? Wenn nicht, würde er wahrscheinlich annehmen, du seist – nun, krank; und das wäre höchst ungeschickt."
Bob dachte über seinen rationalen, nüchtern eingestellten Vater nach.
„Sie haben wahrscheinlich recht", gab er zu. „Dad also nicht."
„Hat Helen irgendwelche Brüder?"

„Nicht hier. Irgendwo gibt es einen, der verheiratet ist, aber wo weiß ich nicht."
„Den würden wir also nie rechtzeitig zu fassen bekommen", sagte Mrs. Whitcroft. „Das ist ein Jammer. Brüder sind für so eine Sache ziemlich gut geeignet."
Was für eine Sache? wunderte sich Bob, doch für den Augenblick hielt er an dem gegenwärtigen Problem fest.
„Ich schätze, mit Mr. Somerset wäre nicht gedient", sagte er. „Ich kenne ihn sowieso nicht richtig."
Ihm kam ein Gedanke, den er weiterverfolgte. „Warum haben die Somersets nichts gemerkt? Sie haben einen – was war das noch?"
„Wechselbalg."
„Einen Wechselbalg im Haus seit –" er rechnete schnell nach – „seit vier Tagen jetzt. Sie müssen doch garantiert etwas gemerkt haben, oder?"
„Eltern von Teenagertöchtern", sagte Mrs. Whitcroft richterlich, „neigen dazu, sich an launisches Benehmen zu gewöhnen. Ich weiß das." Bob war überrascht. Es war ihm schlicht und einfach noch nie vorher in den Sinn gekommen, daß die alte Dame eine Familie haben könnte. „Wenn sie sich sonderbar benimmt – und das muß sie, meiner Ansicht nach – schreiben sie es vermutlich nur einer ,Phase' zu." Sie lächelte flüchtig. „Sie könnten sogar dir die Schuld daran geben."
„Und das nicht zu unrecht", murmelte Bob.
„Natürlich", fuhr Mrs. Whitcroft fort, „sollten sie eigentlich bald anfangen, sich Sorgen zu machen; aber andererseits, es muß nur bis Freitag vorhalten."

„Wieso?" fragte Bob, aber erhielt keine Antwort. „Mr. Somerset also nicht", sagte er nach einer Weile. „Es fällt einem nicht so leicht jemand ein." Es entstand eine weitere Pause. „Ich glaube, es gibt eine Möglichkeit", sagte er langsam.

Mrs. Whitcroft schaute ihn fragend an.

„Oh, obwohl, ich weiß nicht so recht." Er fühlte sich unbehaglich bei der Vorstellung, sobald er sah, was sie mit sich bringen würde. „Vergessen Sie's. Es ist eine dämliche Idee."

„Wer ist es?" fragte die alte Dame. „Wir können es ebensogut in Betracht ziehen."

„Also", gab er zu, „Mr. Denison könnte es vielleicht gerade noch ernstnehmen."

„Dein Englischlehrer?"

„Er hat ganz vernünftig darüber gesprochen, als wir kürzlich *Thomas der Reimer* durchgenommen haben", begann Bob zu erklären. „Ich meine, er hat über das ganze nicht nur einfach höhnisch die Nase gerümpft. Das habe ich getan, und er vertrat eher die andere Seite, sozusagen." Er begeisterte sich immer mehr dafür, während er darüber nachdachte. „Er hat nicht so ... so vernagelte Ansichten wie die meisten Leute."

Mrs. Whitcroft erwog den Vorschlag.

„Ich halte ihn bis jetzt für den besten Tip", sagte sie.

„Er ist bis jetzt wohl auch so ungefähr der einzige."

„Ja. Könntest du ihn bald treffen? Uns bleiben nur ein paar Tage, um alles nötige zu arrangieren."

„Ich kann ihn morgen fragen." Bob spürte eine plötzliche Woge der Verzweiflung in sich hochsteigen. „Aber

hören Sie, es wird sinnlos sein. Er muß doch glauben, daß ich ihn auf die Schippe nehme, oder daß –"
„Daß du verrückt bist."
„Ja", stimmte er unglücklich zu. „Und ich kann es ihm auch nicht einmal übelnehmen. Ich habe es ja selbst gedacht, bis heute abend. Das war das Schlimmste, zu denken, ich würde verrückt."
„Du mußt es trotzdem riskieren. Es kommt sowieso nicht groß darauf an, was er denkt, solange du ihn nur dazu bringen kannst, uns zu helfen."
„Aber angenommen, er erzählt es Ma und Dad oder dem Direktor oder sonstwem?"
„Wir scheinen da nicht groß die Wahl zu haben", meinte Mrs. Whitcroft. „Jeder, dem du es erzählst, wird wahrscheinlich dasselbe denken. Wir müssen nur versuchen, uns jemand herauszupicken, der bereit sein könnte zuzuhören."
„Also schön", sagte Bob resignierend. „Ich werd's probieren. Es wäre vermutlich besser, er käme Sie besuchen. Ohne große Überredungskünste wird es bei ihm bestimmt nicht abgehen. Was hielten Sie davon, wenn ich versuche, ihn Donnerstag hierher zu bekommen? Bliebe da genug Zeit?"
„Mehr als genug; wenn du ihn bloß dazu bewegen kannst, daß er mich besuchen kommt. Will er nicht, müssen wir uns etwas anderes einfallen lassen." Sie wechselte unvermittelt das Thema, indem sie auf die Uhr schaute. „Es ist gleich halb Zwölf. Werden sich deine Eltern nicht wundern, wo du bleibst?"
„Ist das alles?" Es schien Jahre her zu sein, seit er aus

dem Kino gekommen war. „Nein, das geht schon in Ordnung. Sie werden wegen mir sowieso nicht aufgeblieben sein. Aber ich schätze, ich sollte jetzt wirklich gehen."

Er wollte absolut nicht wieder nach draußen, wurde er sich klar, hinaus in das Dunkel. Sollte er es erklären? Mrs. Whitcroft hatte nicht gefragt, wieso er erschöpft und schlammbedeckt vor ihrer Haustür stand, und er wollte es ihr nicht erzählen. Sie muß hier allein bleiben, sagte er zu sich selbst, es ist besser für sie, sie weiß es nicht; doch er wußte auch, daß er nicht darüber reden, ja, nicht einmal daran denken wollte. Aber wäre sie auch sicher, ohne es zu wissen?

Er merkte auf einmal, daß er sich noch immer sehr vor dem Ding draußen fürchtete: in gewisser Weise sogar noch mehr als vorher, denn jetzt wußte er, daß es real und böse war.

Die alte Dame erhob sich.

„Bin gleich wieder da", sagte sie. „Ich gehe nur mal kurz in den Garten."

„Nein", sagte er schnell. Er würde es ihr jetzt erzählen müssen. „Sie können da nicht rausgehen –" Doch seine Aufregung war grundlos.

„Ich weiß, was auf der anderen Seite der Brücke ist, Tom", sagte sie ruhig und ernst. „Mir wird nichts geschehen."

Sie ging hinaus, und nach einem Augenblick besiegte sein Stolz die Furcht, und er stand auf und folgte ihr. Sie hatte zwar recht selbstsicher gewirkt: doch er war es gewesen, der die klammernden Hände gesehen und gespürt und die knarrende, blutlose Stimme gehört hatte.

Mrs. Whitcroft pflückte beim Schein ihrer Taschenlampe verschiedene Blumen im Garten. Bob konnte nichts mehr überraschen: sie wußte offensichtlich ganz genau, was sie tat. Er zwang sich, sorgfältig in die Dunkelheit jenseits der Brücke zurückzuspähen, aber er konnte nichts sehen. Der Wind hatte jetzt zu einer Brise abgeflaut, und die Nacht war still. Selbst das fließende Wasser toste nicht mehr. Er nahm die Taschenlampe und hielt sie, verwundert, daß seine Hand nicht zitterte.
„Das sollte eigentlich genügen, mein ich." Sie trug den Bund Blumen in die Küche und legte ihn auf den geschrubbten Holztisch.
„Sie nannten ihn früher Crooker", sagte sie gesprächsweise, als sie begann, die langen Stengel zusammenzuflechten. „Weißt du, das könnte sogar den Namen erklären: Crookston – Crooker's town."
„Ja. Sie sagte: ‚Gib ihn doch Crooker.' Sie muß gewußt haben, daß er los war."
Mrs. Whitcroft blickte fragend auf.
„Heute nachmittag." War das erst heute nachmittag?
„Ich traf sie auf der Brücke: nein, eigentlich nicht darauf. Sie stand von hier aus gesehen auf der anderen Seite. Ich sollte sie mit hinüber nehmen, auf meinem Rad. Ich habe es nicht begriffen." Wieder ging ihm ein Licht auf. „Oh – fließendes Wasser. Das war es, was sie vergessen hatte – daß Wasser im Bach war. Allein konnte sie nicht hinüber." Er fuhr fort, indem er seine

Gedanken laut aussprach: „Aber wie ist sie dann morgens hinüber gekommen? Halt, vielleicht – ja. Sie muß den anderen Weg gekommen sein: im Bus." Er versuchte, sich die Lage des Somersetschen Hauses und die Busroute bildlich vorzustellen. „Der Bach fließt unterirdisch – ich schätze, dann muß sie ihn überqueren können. Oder vielleicht fährt der Bus so schnell darüber, daß es nicht so viel ausmacht. Was denken Sie?"

„Ein wenig von beidem, vermute ich", sagte Mrs. Whitcroft. „Natürlich gilt das auch für Hexen, das mit dem fließenden Wasser. Wie auch immer, was geschah?"

„Heute nachmittag? Oh, ich habe sie schließlich hinübergeschoben. Sie sah schlimm aus. Ich dachte, sie sei wirklich krank. Ich wollte sie hier hereinbringen – und da sagte sie dann, daß sie Sie hasse. Sie schien sich jedenfalls sehr rasch zu erholen, und dann gab sie mir einen Apfel – das Fahrgeld für die Brückenüberquerung, sagte sie. Ich sagte, ich wollte ihn nicht, und sie sagte: ‚Gib ihn doch Crooker.' Hab ich ja auch gemacht – ich warf ihn nach ihm, und das hielt ihn für eine Weile auf."

Er hörte verblüfft zu reden auf.

„Was ist los?" erkundigte sich Mrs. Whitcroft. Bob war noch damit beschäftigt, es durchzudenken.

„Aber das muß doch bedeuten – wenn es ihn abwehrte, und sie ihn mir gab, dann müssen sie – Die Leute – auf verschiedenen Seiten stehen. Natürlich müssen sie das. Ich bin nur entwischt, weil sie kamen. Sie ritten über den Himmel." Er erklärte kurz, was sich an der Brücke ereignet hatte. „Aber das ist ein einziges Durcheinander", schloß er. „Ich dachte, es seien nur wir und sie, aber das kann nicht sein."

„Es ist eine ganze Welt", erläuterte Mrs. Whitcroft. „Die Leute haben keine Zeit für Crooker und seinesgleichen, und Crooker kann gegen sie nicht bestehen. Aber sie gehören trotzdem zusammen. Man kann das Schöne nicht ohne das Häßliche haben. Und sie sind beide gefährlich für uns." Sie unterbrach ihre Arbeit für eine Sekunde. „Es könnte bei dieser Sache um mehr gehen, als nur darum, Helen zurückzubekommen", fuhr sie fort. „Nicht, daß das an sich nicht schon wichtig genug ist, natürlich. Aber, siehst du, bis jetzt scheint nur diese eine kleine Ritze zwischen ihrer Welt und unserer zu existieren, und die hat sich bis jetzt nicht sehr weit aufgetan. Und wir müssen verhindern, daß sie es noch tut, um jeden Preis." Sie korrigierte sich. „Um fast jeden Preis. Das Tor muß wieder verschlossen werden, bevor die Dinge die Chance haben, allzu sehr außer Kontrolle zu geraten. Es gibt andere Dinge, schlimmere als Crooker vielleicht. Dinge mit kindischklingenden Namen wie Nuckelavee und Nicky Nicky Nye. Sie wurden einmal vertrieben. Sie dürfen nicht zurückkommen."

„Ich begreif es immer noch nicht", sagte Bob und versuchte, dies mit seiner Erinnerung an die Jäger in Einklang zu bringen. „Schauen Sie, ich habe sie gesehen. Und ich sah das – andere Ding da draußen. Crooker. Das war böse, zugegeben. Das bestreite ich nicht." Wieder erschauerte er bei dem Gedanken daran und unter-

drückte die Regung so schnell er konnte. „Aber die El-, Die Leute", verbesserte er geschwind, „sie waren ... also, edel ist das einzige Wort, das mir dazu einfällt. Ich kann sie mir nicht als böse vorstellen. Nicht so wie Crooker. Sie können es nicht sein. Ich habe sie gesehen", wiederholte er lahm, unfähig, seine Überzeugung in die richtigen Worte zu kleiden.
„Wie geht's dir denn mit Tigern?" fragte Mrs. Whitcroft indirekt und sah von ihren Blumen auf.
Er war solche Fragen von der alten Dame gewöhnt, antwortete deshalb nicht gleich, sondern versuchte, hinter den tieferen Sinn zu kommen.
„Oh. Ja. Ich verstehe", sagte er endlich.
„So?"
„Tiger sind in Ordnung", erklärte er. „Ich meine, sie tun von ihrem Standpunkt aus nichts Schlechtes, wenn sie versuchen, einen zu fressen. Man ist für sie bloß Nahrung. Sie können nichts dafür. Aber man muß ihnen trotzdem Einhalt gebieten. Ist es das?"
„Mehr oder weniger. Und Tiger sind auch schön und edel. Das Schwierige dabei ist, daß uns Die Leute in vielerlei Hinsicht so ähnlich sind. Aber sie sind nicht menschlich, und das darf man nie vergessen."
Sie kehrte zu ihrer Flechtarbeit zurück, und Bob bewunderte die geschickte Fertigkeit ihrer Finger.
„Was hätte er wohl getan?" fragte er nach einer Weile. „Crooker, meine ich."
„Ich weiß es nicht", sagte Mrs. Whitcroft rasch, „und möchte es auch nicht wissen. Und du auch nicht. Du bist entkommen, durch Gottes Gnade, und das reicht

völlig. Du hattest Glück. Sogar Die Leute können ihn nur für eine Weile vertreiben."
„Soll das heißen, daß er noch immer da draußen ist?" Bob war alarmiert. „Ich hatte gehofft, er wäre fort. Wir müssen etwas tun – ihn irgendwie aufhalten. Wir können das nicht einfach so ignorieren –" Aber was konnte man schon tun? Die Polizei rufen, um eine Esche zu verhaften?
„Ich glaube, zur Panik besteht keinerlei Anlaß." Sie wand das Blumenband zu einem Kreis. „Der Fluß kommt auf zwei Seiten vorbei, und darüber kann er natürlich nicht hinweg. Dann ist da noch der Hügel, der den Leuten gehört – dem wird er hübsch fernbleiben; und die Kirche bei der Straßenkreuzung. Ich denke, er ist für den Augenblick sicher eingesperrt. Wir können heute nacht nichts tun, aber es ist ziemlich unwahrscheinlich, daß es sich irgend jemand anders in den Kopf setzt, diesen Weg zu gehen: wir müssen beten, daß nicht. Autos müßten eigentlich sicher genug sein – sie sind aus Metall. Am Morgen werde ich hinausgehen und ihn binden – weißt du, es gibt da Mittel und Wege, und ich glaube, daß ich es kann, vorübergehend. Oh, mach dir keine Sorgen, bei Tage besteht keine Gefahr."
Die Girlande war beinahe fertig.
„Wie machen Sie es?" fragte Bob neugierig. „Damit?"
„Naja, mit sowas ähnlichem. Aber die hier ist für dich. Du mußt heute nacht noch nach Hause." Sie lächelte ihn an. „Du mußt nur hoffen, daß dich niemand so sieht, mit Blumen um den Hals."

Wenn es ein Schutz gegen das Ding da draußen ist, dachte Bob, ist es mir schnurz, ob mich das ganze Dorf sieht. Laut sagte er: „Was ist es?" und berührte eine der gelben, fünfblättrigen Blumen mit der Fingerspitze.
„Es heißt Johanniskraut. Es ist die mächtigste von allen Pflanzen – außer vielleicht dem Vogelbeerbaum, und der steht mir nicht zur Verfügung." Sie hing ihm die zerbrechliche Girlande um den Hals. „Auf dieser Seite des Wassers besteht keine große Gefahr", sagte sie, „aber ich möchte lieber sichergehen."
„Sie und ich, wir beide", versicherte ihr Bob inbrünstig. Er tat sich im Geist nach einer Ausrede um, die seinen Aufbruch für ein paar Minuten aufschieben würde.
„Häng die Blumen an euer Gartentor", wies ihn Mrs. Whitcroft an. „Du mußt sie nicht ständig tragen. Eine Minute noch." Sie flocht ein paar der übriggebliebenen Blumen zu einem kleinen Sträußchen. „Steck das in deine Tasche, und laß es da, bis alles vorbei ist. Aber komm damit nicht in die Nähe des Mädchens – sie könnte es spüren. Es wäre mir bedeutend lieber, sie würden nichts ahnen."
„Was sie mal über den Hügel sagten, daß er ein besonderer Ort sei", meinte er plötzlich. „Letzten Samstag. Ich versteh jetzt, was sie damit meinten." Er redete bloß, um Zeit zu gewinnen: nicht etwa, weil er noch weitere Erklärungen gebraucht hätte. „Und als ich dann sagte, ich könnte mich nicht mehr entsinnen, was da oben passiert sei – war das der Moment, wo Sie's geahnt haben?"
„Nein, eigentlich nicht; aber da fing ich an, mich ein

wenig zu fürchten. Ich habe dich fast gewarnt. Ich denke, ich hätte es tun sollen. Du mußt geglaubt haben, daß ich mich ein bißchen sonderlich benahm."
„Es hätte nichts genützt", sagte Bob. „Ich hätte Sie bloß ausgelacht." Es hatte keinen Sinn, daß sich irgendwer an den Ereignissen schuldig fühlte, dachte er; und was er gesagt hatte, war die reine Wahrheit."
„Ja, das dachte ich mir. Ich hätte es vielleicht trotzdem versuchen sollen." Ihr Ton wurde brüsker. „Nun, jetzt ist es zu spät. Du mußt nach Hause gehen. In solchen Zeiten ist man schlecht beraten, um Mitternacht draußen zu sein."
„Ich brauche mir keine Sorgen um Sie zu machen?"
„Überhaupt nicht. Geh jetzt, rasch. Sag mir wegen deines Mr. Denison Bescheid, sobald du kannst."
Sie stieß ihn aus der Tür, in die Nacht.
„Gott segne und behüte dich", sagte sie leise.
„Äh . . . ja." Er war verlegen. „Und Sie. Gute Nacht."
Er wandte sich um und ging, versuchte, nicht zu rennen.

Zwölf

Es klingelte, und Bob blieb inmitten des augenblicklich ausbrechenden Trubels bewegungslos sitzen. Wie fängst du es an, fragte er sich, damit du wenigstens bis zum Ende des ersten Satzes angehört wirst? Passen Sie auf, Mr. Denison, da ist dieses Mädchen, das von den Elfen in der Vollmondnacht gestohlen wurde, verstehen Sie... Was würde er tun? – wahrscheinlich lachen; oder es für unverschämt halten und verärgert sein. Im schlimmsten Fall könnte er bis zum Schluß aufmerksam und anteilnehmend zuhören und dann nach einem

Arzt schicken. Bob war drauf und dran aufzugeben, noch bevor er angefangen hatte.
Er rührte sich nicht, als die Lärmwelle um ihn wogte und dann auf dem Korridor verebbte. In Gegenwart von Zeugen würde er schon gar nichts versuchen. Der Englischlehrer blickte neugierig zu ihm hoch, sagte aber nichts, als er seine Bücher zusammensammelte. Mach schon, drängte sich Bob, oder du wirst deine Chance verspielen. Aber das hat doch keinen Sinn, oder? fragte seine Feigheit, er wird dich nie und nimmer ernstnehmen.
Ohne sich dessen recht bewußt zu sein, stand er auf und näherte sich dem Pult. Ich kann es nicht tun, dachte er unbändig, ich kann's nicht, wir werden uns etwas anderes ausdenken müssen, und gleichzeitig hörte er seine eigene Stimme, so als gehöre sie jemand Fremdem, sagen:
„Könnte ich Sie kurz sprechen, Sir." Jetzt war es heraus, jetzt mußte er weitermachen. „Es ist wegen dieser – Elfen..." Er zögerte, stolperte beinah über das verbotene Wort.
„Hast wohl welche bei dir im Garten gefunden, wie, Selden?"
Spöttisch, war das Wort dafür. Bob empfand mit einmal den großen Abgrund zwischen ihnen: den ein Leben umfassenden Abstand zwischen Lehrer und Schüler. Es war lächerlich gewesen, auf eine andere Reaktion zu hoffen. Wut und Erleichterung brausten gleichzeitig auf. Das war's dann wohl. Er griff nach der Chance eines ehrenhaften Rückzugs und wußte, als er

dies tat, daß die Ehre bald Flecken bekommen und der Rückzug zum Verrat werden würde.
„Oh, vergessen Sie's", schnappte er, kehrte den Rücken und marschierte rasch zur Tür.
„Selden!" Die Stimme klang scharf.
„Sir?" Er blieb stehen, ohne sich umzudrehen, auf Hohn gefaßt.
„Sieh dich vor."
„Ja, Sir."
Er stand unentschlossen, und Mr. Denison fuhr in verändertem Ton fort.
„Na gut, das war eine dumme Bemerkung." Das war mehr oder weniger eine Entschuldigung, beschloß Bob. „Wo brennt's denn?"
Bob drehte sich um und ging zurück. Die Gnadenfrist war abgelaufen.
„Das ist eine ziemlich lange Geschichte", begann er.
Mr. Denison konsultierte seine Uhr.
„Fünf Minuten?"
„Ich fürchte, länger." Es würde wahrscheinlich fünf Jahre brauchen, um ihn zu überzeugen, wenn überhaupt. „Außerdem drängt es ein bißchen."
Mr. Denison musterte ihn einen Augenblick schweigend. Selden hatte sich in den letzten paar Tagen ein wenig komisch benommen: zerstreut und viel zu still. Würde das hier etwas Licht in die Sache bringen? Vielleicht hing es irgendwie mit seinem idiotischen Verhalten auf dem Fahrrad letzte Woche zusammen. Jetzt wo er darüber nachdachte, war nicht etwa um diese Zeit die seltsame Veränderung in Seldens Betragen eingetre-

ten? Nein, das lag kürzer zurück. Er ging davon aus, dies könnte zur Verantwortung eines Lehrers gehören, zu versuchen herauszufinden, was los war.

„Diese Sache, was immer es sein mag, nimmt dich etwas mit, stimmt's?" sagte er. „Hör mal, ist es wirklich wichtig?"

„Ja, Sir, das ist es." Bob überlegte, ob er sagen sollte, daß es möglicherweise eine Sache auf Leben und Tod war. Nein: das klang melodramatisch, und schlimmer noch, albern.

„Also schön", sagte Mr. Denison. „Jetzt habe ich keine Zeit. Wie wäre es mit morgen, um die gleiche Zeit. Ginge das?"

„Es . . . heute wäre es mir eigentlich schon lieber." Bob zauderte, fürchtete, die Geduld des Lehrers zu erschöpfen. „Es sei denn natürlich, es ist unmöglich", fügte er abmildernd hinzu.

Mr. Denison hob eine Augenbraue. Auf eine ruhige Art war Selden äußerst hartnäckig. Was war bloß in ihn gefahren? Mit einem innerlichen Seufzer verabschiedete er seinen freien Abend und sagte:

„Weißt du, wo ich wohne?"

„Nein, Sir."

„Crown Street 17. Weißt du, wo das ist?"

„Ich werd's schon finden."

„Gut. Schau heute abend vorbei. Gegen halb Acht. Paßt dir das?"

Es mußte wohl; und wenigstens wäre das Treffen dann privat.

„Danke, Sir. Ich werde da sein."

Und hoffentlich taugt deine Geschichte was, dachte Mr. Denison, als er ihn davongehen sah. Sie taugt hoffentlich sogar verdammt viel.

Bobs Neugierde gewann die Oberhand über seine Nervosität, und nachdem er das leidige Geschäft, auf dem Kirchhof seinen Platten zu flicken, hinter sich gebracht hatte, fuhr er seinen normalen Weg nach Hause, unter den Bäumen entlang und zwischen dem Weißdorn und der Esche hindurch. Um sich seine Nerven zu beweisen, beschloß er, daß er anhalten würde, um sein Messer zu suchen, das er vergangene Nacht preisgegeben hatte.
Es war eigentlich gar nicht zu verfehlen, denn es lag fast genau auf der Mitte des Weges, aber er übersah es zuerst, weil er es für einen kleinen, dicken Zweig hielt. Es war nur das Aufschimmern des Metalls, das ihn ein zweites Mal hinschauen ließ. Die Klinge war dicht am Griff abgebrochen, an einer ausgezackten, verdrehten Bruchstelle, so als hätten übermenschlich starke Finger sie ungeduldig entzweigerissen. Von dem anderen Stück fehlte jede Spur. Der Griff selbst war wie von Feuer geschwärzt und zu einer krummgemarterten Arabeske verrenkt.
Tod eines Taschenmessers, dachte Bob und drehte die Überbleibsel auf seiner Handfläche hin und her. Ihm wurde auf einmal kalt, und er wirbelte herum, um über das Feld auf die Esche zu blicken. Crooker. Er bekam eine Gänsehaut.
Doch die Esche stand friedlich im milden Nachmittags-

sonnenlicht und wiegte ihre Äste friedlich in der Brise. Der Fluß sprudelte bei ihren Wurzeln und murmelte leise zwischen den abschüssigen, grasbewachsenen Ufern. Dinge flatterten an dem Baum, grün, doch nicht von der Farbe der Blätter. Bänder vielleicht. Und eine Girlande aus Blumen? Auf diese Entfernung konnte er nicht sicher sein, und das Skelett seines Messers war ihm eine Warnung, nicht näher heranzugehen. Unbewußt tastete seine Hand in der Tasche nach dem verwelkenden Johanniskraut. Blumen, um den Menschenfresser zu binden.

Er würde sein Messer nicht wegwerfen. Es taugte jetzt nichts mehr, aber es war ihm ein guter Verbündeter gewesen. Es hatte etwas Besseres verdient, als in einem Graben zu verrosten. Mit Mühe hebelte er das, was von der Klinge übriggeblieben war, in die Aussparung zurück und schnitt sich dabei leicht in den Daumen.

Erst als er sich wieder auf den Weg machte, sah er, daß ihn Mrs. Whitcroft von der Brücke her beobachtete. Er fragte sich, wie lange sie wohl schon dort gestanden hatte.

„Ich treffe ihn heute abend", sagte er, als er sein Rad neben ihr ausrollen ließ. Es war unnötig zu erklären, worüber er sprach.

„Wird er kommen?" erkundigte sie sich in beiläufigem Ton, so als ginge es um eine unwichtige Einladung.

„Schwer zu sagen. Möglich. Ich bin mir ziemlich sicher, daß ich ihn überreden kann, daß ich es ernst meine, aber das ist bloß der Anfang. Anschließend muß ich ihn davon überzeugen, daß bei mir keine Schraube lok-

ker ist, und das wird nicht so einfach sein. Ich werde mein Bestes tun, aber ich kann nichts versprechen."
„Natürlich", sagte die alte Dame, ein wenig abwesend. „Nach was hast du da gerade eben herumgestöbert?"
„Hab mein Messer gesucht. Es ist ein gutes Messer. Es war mal ein gutes Messer", verbesserte er sich.
„War mal?"
Wortlos übergab ihr Bob seinen Fund. Sie schaute ihn kurz an und gab ihn zurück.
„Willst du immer noch wissen, was passiert wäre, letzte Nacht?" fragte sie ihn nebenher.
„Wissen Sie was, ich glaube, ich bin gar nicht wild darauf, es zu erfahren", sagte Bob mit einem raschen Grinsen. „Für diesmal gebe ich meiner natürlichen Neugierde den Laufpaß."
„In Ordnung; aber behalte das Messer, ja? Es könnte von Nutzen sein."
„Von Nutzen? – na, wenn Sie es sagen. Obwohl ich selber nicht so ganz sehe, wieso."
„Es ist eine Art Beweis", klärte ihn Mrs. Whitcroft auf. „Einen richtigen Beweis haben wir ja nicht, das weißt du, und da kann jede Kleinigkeit eine Hilfe sein."
„So hab ich mir das eigentlich noch nicht überlegt", gestand Bob ein. „Ich wollte es bloß nicht einfach wegschmeißen."
Mrs. Whitcroft dachte nach.
„Paß auf", sagte sie, „versuche heute abend nicht, Gebrauch davon zu machen. Erzähle ihm nur die Geschichte, und bring ihn dazu, daß er morgen herkommt. Dann gehen wir alles durch. Es wird günstiger

sein, wir bringen unsere Argumente gesammelt vor – so können wir viel überzeugender wirken, als wenn wir es stückchenweise tun. Es wird eine Art Verhandlung sein. Du fängst besser gleich an, dir zu überlegen, was du sagen wirst."

Bob mußte fast lachen. „Wissen Sie, ich glaube, der arme, alte Mr. Denison hat kaum eine Chance gegen Sie." Er wurde plötzlich wieder ernst. „Vorausgesetzt natürlich, er kommt überhaupt."

„Ja, vorausgesetzt, er kommt überhaupt. Nun, das liegt an dir, Tom. Du kannst es nur versuchen. Aber ich würde mir an deiner Stelle nicht zuviel Sorgen machen. Nach dem, was du mir erzählt hast, bezweifle ich, ob ihn irgend etwas davon abhalten würde. Trotzdem, viel Glück", setzte sie hinzu, und Bob fuhr weiter.

Schließlich kam er zu der Verabredung doch zu spät. Er war viel zu früh aufgebrochen, weil er das untätige Herumsitzen zu Hause nicht ertragen hatte, und dachte, Zeit im Überfluß zu haben; doch statt dessen war er viel zu lange durch die stillen Nebenstraßen gefahren und hatte dann Schwierigkeiten gehabt, das Haus zu finden. Es war nach dreiviertel Acht, als er endlich an der Haustür läutete.

Die Tür wurde, zu seiner gelinden Überraschung, von einer jungen, attraktiven Frau geöffnet, und hastig formte er seinen Einleitungssatz um.

„Oh... äh... Mrs. Denison?" fragte er. „Ich glaube, Mr. Denison erwartet mich."

„Sie müssen Mr. Selden sein", sagte die Frau, und er

war für die kleine Höflichkeit dankbar. „Ja, mein Mann erwartet Sie. Treten Sie doch ein."
Sie führte ihn durch einen kleinen Flur ins Wohnzimmer, jedenfalls entschied er sich, es dafür zu halten.
„Dave, Mr. Selden ist da."
Bob fühlte sich infolge seiner veränderten gesellschaftlichen Rolle ein wenig unwirklich, aber die Dinge kamen wieder ins rechte Lot, als Mr. Denison vom Fußboden hochsah, wo er über einem Stapel Platten kauerte.
„Oh, da bist du ja, Selden. Komm rein – schnapp dir einen Sitzplatz." Er stapelte die Platten. „Ich schalte das hier ab." Mit einem Klick begann der Plattenspieler seinen stumpfsinnigen Abschaltvorgang.
„Du hast gut hergefunden?"
„Ja", sagte Bob und fügte entschuldigend hinzu. „Ich habe etwas länger gebraucht, als ich dachte. Entschuldigen Sie bitte meine Verspätung."
Mrs. Denison hatte sich im Hintergrund zu schaffen gemacht. Nun sagte sie: „Also, ich verschwinde dann jetzt", ging hinaus und schloß die Türe hinter sich.
„Nimm doch Platz, Selden." Mr. Denison lümmelte sich in einen Lehnstuhl und begann, mit einer Pfeife zu spielen. „Alle Lehrer sollten Pfeife rauchen", sagte er mit einem Grinsen. „Es ist gut für das Image – solide und respektabel. Trotzdem werde ich jetzt eine Zigarette rauchen." Er zog ein Päckchen hervor, zündete sich eine an und fragte sich, ob er seinem Schüler eine anbieten sollte. Lieber nicht, beschloß er. Verbrüderung kann zu weit gehen; und überhaupt sollte das Rauchen

nicht unterstützt werden. Er hatte jedesmal selbst genug Ärger, wenn er versuchte, es aufzugeben. Er nahm einen tiefen Zug.
„Also schön", sagte er, „das Höflichkeits-Bla-Bla haben wir hinter uns. Kommen wir zur Sache."
Bob machte den Mund auf, doch Mr. Denison hob seine Hand.
„Noch ein Wort, bevor du anfängst, Selden. Ich habe keine Ahnung, was du sagen wirst, aber wie alle Lehrer besitze ich ein gemeines und mißtrauisches Wesen; deshalb will ich dir sagen, falls du irgendeinen dunklen und raffinierten Streich planst oder irgend etwas in dieser Richtung, dann vergiß es lieber gleich. Ich kann meine Zeit besser nützen." Er blickte Bob sehr streng an. „Soweit die Warnung. Nun, wie steht's damit?"
„Ich garantiere Ihnen, es ist kein Ulk, Sir", sagte Bob ruhig. Er war erleichtert: es sah wenigstens so aus, als würde er eine richtige Anhörung bekommen. Er machte eine Pause und bastelte an seiner nächsten Bitte. „Aber da ist noch eine Sache, die ich gerne geklärt hätte, bevor ich weiterrede. Würden Sie bitte alles, was ich Ihnen erzähle, streng vertraulich behandeln?"
Er wartete auf die Antwort, während Mr. Denison nachsann und seine Zigarette kritisch musterte.
„Ich glaube, das kann ich nicht versprechen", sagte er schließlich. „Denk mal an meine Stellung. Ich habe keinen Schimmer, worum es eigentlich geht, verstehst du, und es könnte doch sehr wohl sein, daß ich meine, mein Wort nicht halten zu können. Immerhin läßt die Tatsache, daß du zuerst das Versprechen haben willst,

darauf schließen, daß du selbst denkst, ich könnte über diese Sache womöglich etwas verlauten lassen oder gar etwas in ihr unternehmen wollen. Siehst du, was ich meine? Ich habe dir ja gesagt, ich habe ein mißtrauisches Wesen."
Er legte eine kleine, etwas entschuldigende Pause ein. „Und was machen wir jetzt?"
Bob hatte sowieso nicht wirklich erwartet, diese Garantie von ihm zu bekommen.
„Ja, ich verstehe, was Sie meinen", stimmte er zu. „Wie wäre es mit einem Kompromiß?"
„Laß hören", sagte Mr. Denison noch immer vorsichtig.
„Wären Sie bereit, bis Samstagmorgen darüber zu schweigen? Das sind nur ein paar Tage. Danach spielt es keine Rolle mehr, und Sie können tun, wozu Sie Lust haben." So oder so, dachte er, wird es am Samstag keine Rolle mehr spielen.
Mr. Denison dachte darüber nach. Die Sache gefiel ihm mit der Zeit immer weniger. Sein Instinkt riet ihm, sich da herauszuhalten, doch gleichzeitig mußte er versuchen herauszufinden, was mit Selden los war. Stimmte er diesem Kompromiß nicht zu, könnte der Junge leicht jede weitere Auskunft verweigern, und er würde nichts dagegen tun können. Selden war nicht der Typ, der sich durch Einschüchterungen dahin bringen ließ, etwas zu erzählen, was er beschlossen hatte, nicht zu erzählen. Konnte es auf ein paar Tage denn wirklich ankommen? Es mochte durchaus ein Problem sein, das sich vor Selden wie ein Berg auftürmte, aber das hieß nicht unbedingt, daß es einem Erwachsenen ebenso riesig erschei-

nen würde. Er machte wahrscheinlich aus einem Maulwurfshügel einen Berg. Mr. Denison faßte einen Entschluß, doch er hatte noch immer das Gefühl, in dunkles Wasser zu springen, als er sagte:
„Also, abgemacht. Bis Samstag hast du mein Wort; immer vorausgesetzt, es gibt keine Feuersbrunst, Hungersnot oder einen unvermuteten Todesfall, der mich meine Ansicht ändern läßt."
Bob beschloß, daß das das Beste war, was er sich erhoffen konnte, und noch besser, als er erwartet hatte. Und jetzt mußte er weitermachen. Er versuchte, Zusammenhang in seine Geschichte zu bekommen.
„Nun?" sagte Mr. Denison eine Spur ungeduldig.
Bob holte tief Luft.
„Es geht um die – Die Leute."
„Leute – was für Leute?"
„Sie würden sie die Elfen nennen", sagte Bob schnell; „aber bitte, benutzen Sie das Wort nicht. Sie mögen es nicht."
„Ich dachte, du wärst anderntags der Ansicht gewesen, sie seien nur ein Produkt der dichterischen Phantasie. Du bist ganz schön auf sie losgegangen. Und jetzt hast du Angst, sie zu beleidigen. Wie kommt das?"
„Ich habe seitdem meine Meinung geändert", sagte Bob. Er fuhr gleichmäßig fort. „Es gibt sie doch. Ich weiß es. Ich habe sie gesehen." Sie gesehen, mit einer gesprochen, meinen Arm um sie gelegt.
Mr. Denison richtete sich langsam auf und drückte seine Zigarette aus. Jetzt kommt's, dachte Bob, jetzt ist der Punkt erreicht, wo er mich rausschmeißt, weil ich

seine Zeit verschwende. Doch statt dessen sagte der Englischlehrer ruhig: „Erzähl mir davon."
Bob erzählte ihm langsam und sorgfältig, beschränkte sich streng auf die Tatsachen, achtete darauf, daß alles in der richtigen Reihenfolge kam, während ihn Mr. Denison unverwandt mit ausdruckslosem Gesicht beobachtete und nicht unterbrach. Zum Schluß sagte er:
„Diese Mrs. Whitcroft – wer genau ist sie?"
Bob wurde von der Frage überrascht und geriet ein wenig in Verlegenheit.
„Eine Freundin von mir: ich kenne sie, solange ich denken kann. Was möchten Sie über sie wissen?"
Eine ganze Menge, dachte Mr. Denison grimmig; beschloß aber im nachhinein, die Sache für jetzt auf sich beruhen zu lassen. Laut sagte er:
„Schon gut. Nun, mal sehen, ob ich das auch alles völlig richtig mitbekommen habe. Du behauptest, daß du auf eine Art und Weise, die dir nicht restlos klar ist, die – Leute – in diese Welt zurückgerufen hast. Letzten Freitag entführten sie dieses Mädchen Helen, in deiner Gegenwart, und ersetzten sie durch einen Wechselbalg. Dann hast du mehr oder weniger alles darüber vergessen, bis du gestern nacht von etwas besonders Ekelhaftem im Dunkeln angegriffen wurdest, und noch eine ganze Menge mehr von ihnen sahst. Diese Freundin von dir, diese Mrs. Whitcroft, sagt, das Mädchen kann gerettet werden, Freitagnacht, und du willst, daß ich irgendwie dabei helfe. Richtig?"
„Richtig."

Mr. Denison erhob sich und begann, im Zimmer auf und ab zu gehen. Für lange Zeit stand er mit dem Rücken zu Bob und schaute aus dem Fenster in das sinkende Zwielicht. Dann wandte er sich um und sagte: „Weißt du, was ich denke, Selden?"
„Ja, Sir, ich glaube schon."
Mr. Denison war von der Antwort sichtlich überrascht. „So, tust du das? Was denke ich denn?"
„Sie denken entweder, daß ich aus irgendeinem Grund lüge, oder daß ich nicht alle Tassen im Schrank habe."
Der Lehrer nahm wieder Platz und steckte sich eine neue Zigarette an.
„So unverblümt hätte ich das nicht ausgedrückt", sagte er; „aber daß du lügst, glaube ich nicht."
Die Schlußfolgerung lag auf der Hand.
„Ich kann es Ihnen nicht verdenken", sagte Bob. „Ich glaubte eine Zeitlang selber, ich sei verrückt." Kühn fuhr er fort: „Aber einen anderen Beweis für mein Verrücktsein haben Sie nicht – und daß die Geschichte nicht stimmt, können Sie eigentlich auch nicht beweisen."
„So verhält es sich", stimmte Mr. Denison zu. „Dein Bericht war außergewöhnlich klar: vielleicht sogar eine Idee zu gut ausgedacht." Seine objektive, klinische Analyse schien gegenwärtig gut zu funktionieren.
„Ich habe ihn mir vorher im Kopf zurechtgelegt", erläuterte Bob. Ein anderes Argument fiel ihm ein. „Soll das heißen, sie würden eher an meine geistige Gesundheit geglaubt haben, wenn ich mich mehr wie ein Irrer aufgeführt hätte?"

Denison lächelte, ohne es zu wollen.
„Gut pariert, Selden, der Punkt geht an dich. Also, nehmen wir nur mal so an, du bist normal und all das stimmt. Was genau willst du von mir?"
„Tut mir leid, ich weiß es nicht. Mrs. Whitcroft hat es nicht gesagt. Sie möchte, daß Sie deswegen zu ihr kommen."
Wieder Mrs. Whitcroft, dachte Denison. Sie mußte eine ganze Menge verantworten, wenn sie Selden in seinen Hirngespinsten ermutigt hatte.
„Es muß am Freitag geschehen", fuhr Bob fort, „Warum weiß ich nicht genau. Deshalb eilt es ja auch; und deshalb sollten Sie auch bis zum Samstag darüber schweigen. Wenn Sie nicht helfen wollen, muß ich jemand anderes finden, oder es alleine tun, was immer es auch ist. Ich werde das nicht tun können, wenn jeder versucht, mich zu psychoanalysieren."
Darin lag eine gewisse Berechtigung, räumte Mr. Denison ein.
„Hören Sie, Sir, könnten Sie sich nicht einfach bereiterklären, Mrs. Whitcroft zu treffen und solange nichts zu unternehmen?" drängte Bob. „Das kann doch keinen großen Schaden anrichten. Und wenn ich bekloppt bin, können Sie hinterher so viele Ärzte rufen, wie Sie wollen. Soviel schlimmer kann's mit mir in zwei, drei Tagen doch nicht werden, oder?"
Mr. Denison wünschte sich, etwas besser über Wahneinbildungen, Paranoia Bescheid zu wissen – er wußte nicht einmal, wie dies hier genannt wurde. Bis auf den einen Punkt wirkte Selden ziemlich vernünftig – aber

war das nicht gerade typisch? Und sogar die Wahnidee war in sich zusammenhängend: war das nun ein gutes Zeichen oder nicht? Was zum Teufel sollte er tun? Zum zweiten Mal an diesem Abend hatte er das Gefühl, ins Dunkel zu springen.
„In Ordnung, Selden", sagte er widerstrebend. „Ich werde sie besuchen. Wann?"
„Morgen abend, bitte, Sir."
„Doch es gibt Bedingungen", fuhr Mr. Denison fort, „und du wirst auf sie eingehen müssen. Ich möchte dein Wort darauf. Sonst kannst du alles vergessen."
„Wie lauten sie?" Bob war auf der Hut.
„Erstens, du versprichst, deinen Eltern davon zu erzählen - oh, na schön, am Samstag - und einen Arzt aufzusuchen. Zweitens, falls wir da wirklich in eine komische Sache reinschlittern, behalte ich mir das Recht vor, die Polizei zu rufen oder sonst jemand, der mir geeignet erscheint."
„Klingt ziemlich fair." Bob nickte. „Ich akzeptiere das. Vermutlich", setzte er mit einem Grinsen hinzu, „muß ich nicht zum Klapsdoktor, wenn Sie feststellen, daß ich recht habe - oder gehen wir dann beide, Sir?"
Mr. Denison war zweifellos erschüttert. Selden benahm sich gewiß nicht so, wie er es von irgend jemand in seiner anscheinenden Geistesverfassung erwarten würde. Bestimmt würde sich jemand mit derart tiefgreifenden Wahnvorstellungen wie den seinen nicht ganz so verhalten. Konnte es nicht doch ein raffiniert angelegter Jux sein? Aber andererseits, mahnte er sich selbst, hatte er keine Ahnung, was für eine Art Benehmen er erwar-

ten sollte. Es könnte ein Lehrbuchfall sein, trotz alledem.
„Da ist noch was", sagte er. „Ich werde Mrs. Denison alles erzählen, und sie kommt mit."
„Ich weiß nicht." Bob zweifelte. Mrs. Whitcroft hatte nichts davon gesagt, noch jemand einzuweihen.
„Entweder, oder. Auf sowas werde ich mich unter Garantie nicht ohne Zeugen einlassen. Zumal da ein Mädchen mit im Spiel ist. Gebrauch deinen Kopf, Selden. Meine Frau begleitet mich, oder ich komme nicht."
Bob merkte, daß er unbeugsam war. Es ließ sich nicht vermeiden.
„Dann muß ich es akzeptieren." Er stand auf. „Ja, ich gehe dann wohl – es sei denn, es wäre noch etwas. Morgen gegen halb Acht?"
„Ich glaube, ich bin für heute noch genug beschäftigt", versicherte ihm Mr. Denison, als er ihn zur Tür eskortierte. Beim Hinauslassen sagte er: „Noch eins, Selden. Wenn sich das doch noch als Witz herausstellt, schwöre ich, daß ich dir den verdammten Hals umdrehen werde."
„Das", sagte Bob, „wird meine geringste Sorge sein." Er machte eine Pause. „Jedenfalls danke für's Zuhören, Sir. Gute Nacht."
„Gute Nacht, Selden."
Mr. Denison stand lange Zeit gedankenverloren in der Tür. Dann wandte er sich um und ging langsam ins Haus zurück.
„Scheint ein netter Junge zu sein", meinte seine Frau.

„Ja. Und aufgeweckt auch. Ich glaube, er spinnt. Ich bete zu Gott, daß ich das Richtige getan habe."
Mrs. Denison war von dem Ausdruck auf dem Gesicht ihres Mannes verstört.
„Wieso, was wollte er denn?"
Für einen Moment antwortete Mr. Denison nicht. Dann: „Mary", sagte er, „laß mich dir ein Elfenmärchen erzählen."

Dreizehn

Bob erschien als erster zur Versammlung.
„Also, er kommt", sagte er und plumpste in einen Sessel. „Ich glaube, er hält mich ziemlich sicher für verrückt, aber er kommt." Er blickte auf. „Im Grunde", sagte er nachdenklich, „hatte ich den Eindruck, daß er Sie etwas genauer unter die Lupe nehmen wollte und deswegen zugesagt hat. Teilweise jedenfalls."
„Ja, das dachte ich mir", sagte Mrs. Whitcroft mit einem schwachen Lächeln. „Er möchte gern den Schurken des Stücks sehen. Oder besser, die Schurkin."

„Den Schurken?" Bob war verwirrt. „Ich komm nicht mit."

„Betrachte es einmal von seinem Standpunkt aus, Tom. Wenn du nicht ganz richtig im Kopf bist, muß ich doch in gewisser Weise Schuld haben oder nicht? Anstatt dafür zu sorgen, daß du dich in Behandlung begibst, habe ich dich in deinen Wahnideen bestärkt, dir sogar eingeredet, daß ich selbst an sie glaube. Wenn dem so wäre, müßte ich entweder sehr böse oder sehr dumm sein – oder beides. Natürlich will er mich sehen."

„Es gibt wohl kaum etwas, woran Sie nicht denken, stimmt's?" sagte Bob. Die alte Dame antwortete nicht. „Oh, da ist ja noch etwas, das ich beinahe vergessen hätte", fuhr er fort, als es ihm plötzlich einfiel. „Er bestand darauf, auch seine Frau mitzubringen. Ich konnte es absolut nicht verhindern – er sagte, falls sie nicht käme, bliebe er ebenfalls weg. Ich hoffe, das wird die Sache nicht vermasseln", schloß er bekümmert.

„Gewiß nicht", sagte Mrs. Whitcroft. „Ich wünschte, ich hätte selber daran gedacht. Ich schätze deinen Mr. Denison allmählich immer mehr. Er scheint sehr klug und umsichtig zu sein."

„Das ist ja der Ärger", sagte Bob düster. „Er ist eine ganze Ecke zu klug und umsichtig. Ich sehe wirklich nicht, wie wir ihn auch nur im mindesten überzeugen sollen."

„Er muß nicht überzeugt werden, hörst du. Wenn wir ihn nur dazu überreden können, uns zu begleiten, reicht das voll und ganz. Nach dem, was du mir erzählst, scheint das möglich, selbst wenn er es bloß aus Neugier tut. Immerhin ist er soweit interessiert, daß er heute abend kommt."

„Vermutlich." Bob saß schweigend da, und die unbestimmte Niedergeschlagenheit, die ihn den ganzen Tag begleitet hatte, verdichtete sich zu einer Wolke. „Ich sollte eigentlich bei der Chorprobe sein", sagte er nach einer Weile zusammenhanglos. Dann in plötzlicher Panik: „Angenommen, er kommt nun doch nicht. Angenommen, er geht einfach hin und erzählt Dad –"

„Du mußt dir keine Sorgen machen, daß er nicht kommt", unterbrach Mrs. Whitcroft in befriedigtem Ton, „denn er tut es gerade. Das muß seine Frau sein. Nett sieht sie aus."

Bob stand auf und schaute aus dem Fenster. „Ja, das sind sie." Seine Niedergeschlagenheit wich nicht.

Das Paar öffnete das Gartentor und kam den Pfad entlang, und Mrs. Whitcroft ging zur Tür. Bob schüttelte sich innerlich. Reiß dich um Himmels willen zusammen, ermahnte er sich. Du kannst in diesem Stadium nicht völlig aus dem Leim gehen. Er hörte Mr. Denisons Stimme.

„Mrs. Whitcroft? Mein Name ist Denison. Das ist meine Frau Mary."

„Ich freue mich, Sie alle beide zu sehen. Es ist sehr gütig von Ihnen zu kommen. Treten Sie doch ein."

Sie führte sie ins Wohnzimmer.

„Abend, Selden." Mr. Denison war kurz angebunden. Ohne es zu wollen, empfand er eine leichte Verlegenheit und wünschte sich insgeheim, er hätte sich nie in die Sache verwickeln lassen.

„Guten Abend, Sir. Mrs. Denison."
„Bitte, nehmen Sie Platz", sagte Mrs. Whitcroft. „Mrs. Denison, darf ich Ihnen den Mantel abnehmen?"
Sie nahmen Platz, und Mr. Denison sah sich neugierig um. Er wußte nicht genau, was er erwartet hatte – ein betagtes und blödsinniges Weib, vielleicht, das in einem baufälligen Schuppen hauste. Auf diese gepflegte, aufgeweckte Frau war er bestimmt nicht gefaßt gewesen. Bob erriet seine Gedanken und verspürte einen unerwarteten und willkommenen Anflug von Vergnügen. Er erinnerte sich, wie er Helen gefragt hatte, ob sie den Hexenkessel suche, und es schien ihm ein Leben her zu sein.
„Ich denke, wir alle wissen, wieso wir hier sind", begann Mrs. Whitcroft und blickte fragend auf Mary Denison, die unmerklich nickte. „Gut. Ich halte es jetzt für sinnvoll, wenn wir alle genau wüßten, wo wir stehen. Mr. Denison, Sie hatten letzten Abend Besuch von Tom –"
„Das bin ich", schob Bob ein, als er die leichte Verwirrung sah.
„– der Ihnen eine ziemlich unwahrscheinliche Geschichte erzählte. Kurz und bündig: haben Sie ihm geglaubt?"
„Nein, das habe ich nicht", sagte Mr. Denison rundweg. Dann: „Ich möchte das vielleicht später einschränken."
„Das war ebenso kurz und bündig. Danke. Mrs. Denison?"
Mrs. Denison zögerte ein wenig.

„Sie müssen bedenken, daß ich es nur aus zweiter Hand gehört habe, von meinem Mann. Ich weiß nicht." Sie blickte Bob an, und dann ein wenig herausfordernd ihren Gatten. „Ich glaube, ich wäre vielleicht zu überreden", sagte sie unerwartet, und Bobs Stimmung hob sich.

„Nun, das ist ermutigend", sagte Mrs. Whitcroft mit einem Lächeln. „Möchten Sie uns erklären, warum Sie so denken?"

Mrs. Denison war durcheinander.

„Nein, ich glaube, das kann ich nicht", sagte sie. Sie würde sich vor Dave nie und nimmer zu so etwas Abgedroschenem und Unwissenschaftlichem wie weiblicher Intuition bekennen.

„Na schön. Fangen wir gleich damit an, und sehen wir zu, ob wir Sie überzeugen können." Mrs. Whitcroft wandte sich an Mr. Denison. „Wenn Sie einverstanden sind, bringen wir jetzt wohl am besten alle Beweise vor, die wir besitzen." Mr. Denison nickte Zustimmung.

„Tom", sagte die alte Dame, „du bist der einzige von uns, der mit all dem direkt in Berührung gekommen ist, deshalb wollen wir mit dir beginnen. Hast du irgendeinen Beweis für deine Geschichte anzubieten?"

„Einen direkten Beweis nicht, nein." Mr. Denison rutschte in seinem Sessel, sagte aber nichts. „Ich habe jedoch das, was man Indizienbeweise nennt. Zuerst dies hier."

Er wies den Nagel vor und übergab ihn Mr. Denison.

„Das ist der Nagel, den ich vor vierzehn Tagen aus dem Baum zog", erläuterte er. „Es gibt natürlich nur mein

Wort darauf, wo er herstammt, doch hier ist er. Und wo hätte ich ihn sonst herhaben sollen?"
Mr. Denison untersuchte den Nagel und drehte ihn zwischen seinen Fingern.
„Er sieht echt antik aus, das gebe ich dir zu", sagte er. „Andererseits scheint er in bemerkenswert gutem Zustand zu sein. Er ist kaum verrostet. Das erscheint komisch, will aber unter den waltenden Umständen wohl nichts besagen." Er reichte ihn seiner Frau weiter.
„Beweisstück A; hochgradiges Indiz. Was noch?"
„Also dies hier ist lange nicht so konkret. Es handelt sich um einige meiner Versuche, die Melodie aufzuschreiben, die ich gehört habe." Er zog ein paar zerknüllte Blätter Notenpapier aus der Tasche. „Wie ich Ihnen schon gestern abend sagte, Sir, stellte ich fest, daß ich sie nicht richtig auf's Papier bringen konnte."
Er sah, wie sich Mr. Denisons Mund zum Widerspruch öffnete und fuhr hastig fort: „Es ist ein sehr sonderbares Musikstück. Ich glaube, jeder, der sich nur ein wenig damit auskennt, würde dem zustimmen. Ein Experte könnte zu dem Schluß kommen, daß es sehr unwahrscheinlich ist, daß jemand mit meiner Ausbildung und Erfahrung dies schreibt."
„Aber ich dachte, der Witz sei doch, daß du es eben nicht aufschreiben konntest", bemerkte Mr. Denison.
„Na ja, – das ist der Haken", gab Bob zu.
„Da wäre also eine Melodie, die außer dir niemand kennt, und die du nicht aufschreiben kannst. Könntest du sie uns denn nicht wenigstens vorpfeifen oder so etwas ähnliches?"

Bob sah Mrs. Whitcrofts plötzliches Erschrecken.

„Können schon, aber ich tu's nicht. Und hier schon gar nicht. Vielleicht, wenn wir hundert Meilen weit weg wären, obwohl ich auch daran meine Zweifel hege." Er grinste. „Das zeugt jedenfalls von meinem Geisteszustand."

Keiner sagte etwas, und er fuhr fort.

„Als nächstes kommt das Benehmen meiner Hündin Sally. Sie jaulte – als sie ein Stückchen der Melodie hörte. Was mir aber noch wichtiger scheint, ist die Art, wie sie sich plötzlich vor Helen zu fürchten schien, nachdem sie sie doch zuerst gemocht hatte. Ich war natürlich wieder der einzige, der ihre Reaktion erlebt hat. Wir könnten vermutlich eine neue Begegnung arrangieren, aber damit würden wir uns vielleicht verraten. Und Sie haben sowieso nur mein Wort dafür, daß Sally Helen anfangs mochte."

„Nein", warf Mrs. Whitcroft ein, „ich habe das ebenfalls gesehen, an jenem Samstagmorgen, an dem du sie herbrachtest. Doch ich glaube, Mr. Denison wird dem, was ich sage, nicht viel Gewicht beimessen." Sie lächelte ihn an. „Schon gut, Mr. Denison, ich bin nicht beleidigt. Mach weiter, Tom."

„Damit kommen wir zum Benehmen von Helen selbst. Erstens scheint sie ihre Einstellung zu mir geändert zu haben." Er brach ab, weil es ihm widerstrebte, näher ins Detail zu gehen, beschloß dann aber, daß ihm keine Wahl blieb. „Bis zum letzten Freitag waren wir ziemlich befreundet. Sie kann mich nicht völlig abstoßend gefunden haben, denn sie war immerhin einverstanden, mit mir nach Hause zu gehen – Miss Kinross könnte das bestätigen", fiel ihm plötzlich ein. „Zumindest hat sie uns zusammen aufbrechen sehen. Nach Freitag jedenfalls wollte sie einfach nichts mehr davon wissen – Helen, meine ich. Keine Erklärung oder so." Mrs. Denison schaute mitfühlend drein, und er sprach zu ihr. „Ich war ein wenig sauer deswegen. Das war der Grund, warum mir vermutlich die anderen Sachen erst nicht auffielen."

„Mädchen bekommen manchmal diese plötzlichen Launen, weißt du", sagte Mrs. Denison entschuldigend und ein wenig verlegen.

„Ja schon, aber das war nicht bloß eine Laune: es war mehr als das. Es war so, als sei sie eine andere Person geworden. War sie ja auch. Und auch dafür gibt's natürlich wieder nur mein Wort", schloß er entmutigt. Er überlegte, ob er etwas darüber sagen sollte, was ihm Abbott erzählt hatte, und wie ihn der Wechselbalg überredet hatte, sie über die Brücke zu bringen, doch er entschied sich dagegen. Es entstand eine Pause.

„Mir scheint –" begann Mr. Denison.

„Einen Augenblick, bitte, Mr. Denison", unterbrach Mrs. Whitcroft. „Ich glaube, Tom ist noch nicht ganz fertig. Tom?"

„Dazu ist noch etwas zu sagen. Sie fing nämlich plötzlich an, Cello spielen zu können – ich meine, es richtig zu spielen, nicht bloß die Töne herauszuholen. Das war am Montag abend. Ich habe so etwas noch nie gehört. Und nur für dieses eine Mal gab es einen weiteren Zeugen: wieder Miss Kinross. Sie war dabei. Sie würde mir

sicher zustimmen. Sie brauchen sie nur zu fragen. Sie erinnert sich bestimmt, denn es gab Krach deswegen. Sie dachte, ich wäre schuld und warf mich raus. Sie hatte im Grunde recht – bloß wußte ich damals nicht, was ich wirklich tat."
„Was passierte genau?" erkundigte sich Mr. Denison.
„Oh, ich ärgerte mich über sie – über Helen; nein, über den Wechselbalg, meine ich – weil sie so gut war. Normalerweise ärgerte ich mich eigentlich über sie, weil sie so schlecht war", meinte er reumütig. „Deshalb spielte ich ein Stückchen von der Melodie – diese hier", er deutete auf die Notenblätter, „und sie – Helen; der Wechselbalg – fing an zu heulen und sagte, sie wolle heimgehen. Nur meinte sie damit vermutlich nicht zurück nach Brigg."
„Und schließlich", endete er, „dies."
Er kramte die Überreste seines Taschenmessers heraus und reichte es Mr. Denison, der es neugierig betrachtete.
„Was ist es?"
„Mein Taschenmesser. Ich warf es nach Crooker – dem Ding auf dem Weg. So sah es aus, als ich es gestern wiederfand."
Mr. Denison versuchte das Messer geradezubiegen und scheiterte. Er blieb lange Zeit nachdenklich. Dann sagte er: „Du läßt das alles sehr logisch und überzeugend klingen, Selden, und deine Beweisführung war sehr gut aufgebaut. Um ehrlich zu sein, klang mir das ganz nach einer vorbereiteten Rede."
„Natürlich, das war es ja auch." Bob war überrascht.

„Ich habe den ganzen Tag daran gearbeitet. Und dasselbe haben Sie gestern auch schon gesagt."
„So ist es: und ich glaube mich auch daran zu entsinnen, daß du dies Argument hinreichend niedergemacht hast. Also gut. Nun, und jetzt?"
„Ich finde, wir können als nächstes ebensogut zu meiner Aussage kommen", sagte Mrs. Whitcroft. „Ich habe nicht viel zu sagen, und leider ist alles unbestätigt. Ich kann bezeugen, daß Tom nach einer eindeutig recht unangenehmen Erfahrung am Dienstagabend gegen viertel vor Elf vor meiner Haustür landete. Als Folge davon ging ich Mittwochmorgen hinaus und band Crooker. Die Blumen und anderen Sachen sind noch da, Sie können also den Wahrheitsgehalt davon überprüfen, wenn Sie wollen. Aber bitte, berühren Sie nichts: es ist nicht ungefährlich. Außerdem habe ich noch einige recht sonderbare Dinge gehört, obwohl sie meines Wissens niemand sonst wahrgenommen hat. Und ich weiß, daß der Hügel ziemlich merkwürdig ist, gelinde ausgedrückt. Bedauerlicherweise hat niemand ein Buch oder sonst etwas über die Sagen dieser Gegend geschrieben, aber ich erinnere mich, daß er früher in dem Ruf stand, Unglück zu bringen, und daß ihn die Menschen möglichst meiden. Ich glaube, mehr habe ich im Augenblick nicht zu vermelden. Sagen Sie mir, Mr. Denison", fügte sie im Gesprächston hinzu, „halten Sie mich auch für verrückt oder böse, oder nur für dumm?"
Mr. Denison war sichtlich aus der Fassung gebracht. Er war mit der Absicht hergekommen, diese Unterredung

selbst zu leiten, hatte aber gleich von Anfang an die Initiative verloren; und jetzt sah er sich einem Frontalangriff ausgesetzt. Er sammelte sich rasch wieder. Sein Respekt vor dieser alten Frau wuchs rapide.
„Ich weiß es nicht", sagte er vorsichtig. „Bevor wir ankamen, hätte ich darauf gewettet, es müßte eins davon sein, und wahrscheinlich das letzte. Doch ich muß gestehen, daß für Sie im Augenblick keine dieser Kategorien so richtig zu passen scheint. Ich weiß es nicht", wiederholte er.
„Das nenne ich eine echte Verbesserung." Mrs. Whitcroft lächelte Mary Denison an. „Ihnen will ich diese Frage ersparen, meine Liebe."
Mrs. Denison erwiderte das Lächeln matt und sagte: „Danke."
„Nun", nahm Mrs. Whitcroft das Gespräch wieder auf, „bitte Ihre Aussage, Mr. Denison."
Er war erneut verblüfft.
„Bedaure, aber ich fürchte, ich verstehe Sie nicht", sagte er gleichmütig.
„Ach hören Sie auf, Mr. Denison. Ein intelligenter und allem Anschein nach geistig normaler Schüler Ihrer Klasse kommt mit einer höchst unwahrscheinlichen Geschichte über eine andere Schülerin Ihrer Schule zu Ihnen, die, ob nun wahr oder falsch, ernste Konsequenzen haben muß, und Sie wollen mir allen Ernstes erzählen, Sie hätten keine Nachforschungen darüber angestellt?"
Sie steckte ihn glatt in die Tasche.
Mit einem reuigen Grinsen beschloß er, zu kapitulie-

ren. Unwillkürlich begann er diese alte Dame zu mögen.

„Na gut. Ich sagte vorhin, daß ich Seldens Geschichte nicht glaubte, und auch, daß ich diese Bemerkung später vielleicht einschränken möchte. Eine Einschränkung kann ich gleich machen, nämlich die, daß ich keinen Zweifel mehr an Seldens Aufrichtigkeit hege. Er glaubt diese Geschichte ganz eindeutig selber. Ich muß auch zugeben, daß er eine ordentliche Menge erhärtenden Materials zusammengetragen hat, für das ich keine unmittelbare Erklärung anzubieten habe.

Die andere Einschränkung – nun, ich habe mich in der Tat etwas umgehört. Oh, ich war dabei sehr zurückhaltend, und deshalb weiß niemand, warum ich mich dafür interessierte. Und Tatsache ist, daß mit Helen Somerset seit dem Wochenende etwas recht Eigenartiges vorgegangen ist. So ist zunächst einmal Miss Kinross der Unterschied in ihrem Cellospiel tatsächlich aufgefallen, obwohl sie davon natürlich nicht allzuviel gehört hat. Sie hat es nicht ganz so extrem formuliert wie Selden, doch sie ließ sich ohne Veranlassung enthusiastisch über das Thema aus, was für einen bemerkenswerten Unterschied schon ein Minimum an konzentriertem Üben bewirken könnte. Ich vermag natürlich nicht zu beurteilen, welche Erklärung die korrekte ist, weil ich nicht dabei war – und selbst wenn ich dabei gewesen wäre, würde ich es wahrscheinlich auch nicht können. Doch es läßt sich nicht leugnen, daß dieses Phänomen aufgetreten ist.

Das übrige ist weniger greifbar. Einer Reihe von Leh-

rern scheint eine deutliche Veränderung in Helens genereller Art aufgefallen zu sein. Ich sagte, ich hätte Nachforschungen angestellt, doch in diesem Fall brauchte ich kaum zu fragen. Es hat den Anschein, daß sich ihr Lerneifer, ihr vernünftiger Fleiß und ihre Schüchternheit plötzlich in Herumträumerei, Trägheit und Unverschämtheit verwandelt haben. Der allgemeine Meinungskonsens im Lehrerzimmer lautete" – er blickte kurz in Bobs Richtung – „sie sei verliebt." Bob starrte in den leeren Kamin. „Einige Lehrer schienen dies jedoch für keine völlig ausreichende Erklärung zu halten. Es gibt vielleicht noch ein paar Gerüchte mehr, aber das ist alles, was ich aufschnappen konnte."
„Und was halten Sie von all dem jetzt?" fragte Mrs. Whitcroft ruhig.
„Angesichts dessen, was uns Selden erzählt hat, muß ich zugeben, daß es eine recht kräftige Bestätigung abgibt. Das macht keinen Bekehrten aus mir", warnte er schnell. „Sagen wir nur mal, es gibt in meinem Geist einen gewissen Schimmer von Agnostizismus, der mich ungläubig sein läßt."
„Eines fällt mir auf", sagte Mrs. Whitcroft. „Sie haben die ganze Sache kein einziges Mal mit der Begründung bestritten, daß solche Dinge nicht geschehen."
„Natürlich nicht. Das ist kein gültiges Argument. Ich weiß nicht, daß dies unmöglich ist: ich halte es nur für höchst unwahrscheinlich. Ich habe Selden erst neulich daran erinnert, daß es mehr Dinge zwischen Himmel und Erde gibt... Ich muß also meinen eigenen Rat beherzigen, wie Sie sehen", schloß er.

Und jetzt war der kritische Moment da, dachte Bob. Er ertrug es kaum, die Frage zu stellen, doch jede Antwort wäre besser als die Ungewißheit.
„Werden Sie uns also helfen?" fragte er.
Mr. Denison saß für eine Weile schweigend und tief in Gedanken versunken. Er blickte seine Frau an, doch sie betrachtete Mrs. Whitcroft. Das Schweigen im Raum war beinahe mit Händen zu greifen, und draußen zwitscherten Vögel.
„Ja", sagte er, und die Spannung löste sich in Erleichterung auf. „Ich bleibe sehr skeptisch, und meine Selden genannten Bedingungen gelten noch immer." Bob nickte zustimmend. „Aber ich werde Ihr Spiel bis Samstag mitmachen."
„Dem Himmel sei Dank dafür", sagte Mrs. Whitcroft glücklich. „Ich dachte mir, daß Sie sich am Ende so entscheiden würden."
„Ja, aber was ist das überhaupt für ein Spiel?" unterbrach Bob ungeduldig. „Was haben wir denn zu tun?"
„Einen Moment." Mr. Denisons Stimme war fest und bestimmt, und er blickte beinahe strafend. „Auch in diesem Punkt habe ich einige Nachforschungen angestellt." Er sah die alte Dame direkt an. „Es gibt eine Sache, an der ich mich nicht beteiligen werde, und ich werde alles in meiner Macht Stehende unternehmen, um Sie daran zu hindern, es zu tun."
Mrs. Whitcroft hielt seinem Blick stand.
„Haben Sie das wirklich von mir geglaubt?" fragte sie still.
„Nicht mehr, nein. Aber ich mußte es sagen."

„Worum geht es denn überhaupt?" fragte Mrs. Denison bestürzt. „Was willst du nicht machen?"
„Im Mittelalter", erklärte ihr Mann sanft, „als so etwas öfter auf der Tagesordnung stand, gab es mehrere Standardmethoden, um mit dieser Situation fertig zu werden. Sehr beliebt war es, den Wechselbalg so laut zum Schreien zu bringen, daß die Elfen – Entschuldigung, ich wollte sagen, Die Leute – zu seiner Rettung erscheinen und das echte Kind zurückgeben würden. Die übliche Vorgehensweise war, den Wechselbalg ins Feuer zu werfen."
Seine Frau sah ihn entsetzt an.
„Aber das ist unmenschlich."
„Ganz recht. Ich wage mir nicht vorzustellen, wie viele Babys auf diese Art gestorben sein mögen, weil sie krank oder unterentwickelt waren. Jedenfalls sind Mrs. Whitcroft und ich eben übereingekommen, daß das nicht zur Debatte steht."
„Ganz abgesehen davon, daß es undenkbar ist", schob Mrs. Whitcroft sachlich ein, „hat es sowieso nicht immer funktioniert. Es bestand immer die Möglichkeit, daß sie den Menschen trotzdem behielten. Nein, was ich vorschlage, ist einfacher, sicherer und um vieles glimpflicher. Kurz gesagt, folgendes:
Morgen abend, direkt vor Sonnenuntergang, werden diese beiden" – sie nickte Bob und Mr. Denison zu – „zu dem Weißdornbaum hinaufgehen und warten. Ich denke, sie werden kommen und wieder um den Baum herumtanzen. Tom muß sie vielleicht mit seiner Flöte herausrufen, aber das bezweifle ich eigentlich. Ich

denke, sie müssen kommen. Tom packt Helens Hand und zieht sie aus dem Tanz. Mr. Denison hält Toms Jacke bereit und legt sie ihr um die Schultern –"
„Aha, der Mary Nelson-Trick", sagte Mr. Denison. Mrs. Whitcroft zog die Augenbrauen leicht verwundert hoch. „Ich sagte Ihnen doch, daß ich ein paar Nachforschungen betrieben habe", erklärte er. „Es steht in Scotts *Balladen von der schottischen Grenze.*"
„Natürlich", räumte sie ein, „ich vergaß, daß Sie das eigentlich wissen müßten. Nun, Die Leute werden danach vermutlich verschwinden, und Mr. Denison wird einen Nagel nehmen und ihn in den Baum hämmern. Wir haben guten Grund zu der Hoffnung, daß sie dann für ein paar weitere Jahrhunderte eingeschlossen sein werden."
„Und wo ist der Haken?" fragte Bob argwöhnisch. „Das klingt mir alles ein wenig zu einfach. Die Sache muß doch irgendeinen Haken haben, oder?"
„Nun ja, Tom, leider. Sie werden versuchen, dich davon abzuhalten, verstehst du. Oh nein, es wird keinerlei Gefahr bestehen", setzte sie rasch hinzu, als sie das Erschrecken in Mary Denisons Blick wahrnahm.
Jedenfalls keine Gefahr für uns beide, sagte sich Mr. Denison im stillen. Doch wenn das alles stimmt ... was ist mit dem Mädchen?
„Sie werden versuchen, dich dazu zu bringen, Helen loszulassen", fuhr Mrs. Whitcroft an Bob gewandt fort. „Sie werden wahrscheinlich sogenanntes *Blendwerk* benutzen, um dich glauben zu machen, daß du jede Menge unangenehmer Sachen festhältst. Feuer und

Schlangen werden gewöhnlich erwähnt, aber genau kann man das natürlich nicht wissen. Sie können inzwischen ein paar neue Einfälle haben. Ich bin ziemlich sicher, daß sie versuchen werden, dich mit ein oder zwei Schlangen zu erschrecken – sie scheinen im Grunde ihres Herzens Traditionalisten zu sein – aber du wirst auch auf viel Raffinierteres vorbereitet sein müssen. Sie sind nämlich für Gaukeleien berühmt. Aber darüber hinaus kann ich dir nichts mit Bestimmtheit sagen. Du darfst nie vergessen, daß sie dir keinen echten körperlichen Schaden zufügen können, und daß du um jeden Preis festhalten mußt. Sonst hast du verloren. Eine zweite Chance wird es nicht geben."

Sie machte eine Pause, und Mr. Denison fragte sich, ob sie sich jetzt näher über die Gefahren auslassen würde, die ihrer Ansicht nach Helen bedrohten; doch sie entschied sich offenbar dagegen und schloß mit der Warnung: „Es ist nicht so leicht, wie es klingt. Nicht alle diese Geschichten enden glücklich mit einer erfolgreichen Rettung."

„Es klingt nicht einmal sehr leicht", bemerkte Bob.
Es entstand eine Stille.
„Etwas an dieser Sache begreife ich überhaupt nicht", sagte Mrs. Denison nach einer Weile. „Warum sollten sie sich diese Mühe machen?"

Zumindest sie schien jetzt alles mehr oder weniger wie eine erwiesene Tatsache zu behandeln, stellte Bob mit Befriedigung fest.

„Wenn sie Helen haben wollten, warum haben sie sie dann nicht einfach genommen, und damit basta?

Warum sollten sie uns überhaupt eine Chance geben, sie zurückzubekommen?"
„Darüber habe ich selbst gerätselt", erwiderte die alte Dame. „Es ist natürlich bloß eine Vermutung, doch ich glaube, die Antwort lautet: sie müssen einmal zurückkommen. Es scheint zu ‚den Regeln' zu gehören, daß es eine einmalige Gelegenheit zur Rettung geben muß. Ich glaube nicht, daß ihnen darin eine Wahl bleibt, bei dem, was auf dem Spiel stehen könnte." Mr. Denison blickte scharf auf, sagte jedoch nichts, und sie fuhr schnell fort: „Also, sie waren jahrhundertelang eingesperrt. Sie können nicht wissen, wie die Dinge jetzt stehen, daß man sie fast vergessen hat, und daß niemand mehr auch nur an ihre Existenz glaubt. Sie wissen vielleicht nicht einmal, daß sie eingeschlossen waren: die Zeit scheint bei ihnen nicht genauso abzulaufen wie bei uns. Deswegen tun sie ganz einfach weiterhin das, was sie immer getan haben – sie versuchen alles aufkeimende Mißtrauen zu verhindern, bis es zu spät ist. Danach wird der Wechselbalg natürlich schlicht verschwinden."
„Das hört sich sehr logisch an", sagte Mr. Denison. Er beschloß, die Sache ein wenig voranzutreiben. „Doch Sie erwähnten gerade etwas von ‚was auf dem Spiel stehen könnte'. Was genau steht denn auf dem Spiel? Warum wollten sie sie denn überhaupt haben?"
„Ich weiß nicht. Ich meinte nur ... einfach die ganze Sache."
Zum ersten Mal an diesem Abend wußte Mr. Denison, daß die alte Dame nicht die volle Wahrheit sagte. Er

wäre dem nachgegangen, doch etwas in ihrem Blick hielt sie zurück. Zu seiner Überraschung stellte er fest, daß er bereit war, ihrem Urteil zu vertrauen, zumindest für den Augenblick.
Statt dessen sagte er: „Das wäre dann wohl für jetzt alles. Es sei denn, wir haben etwas übersehen?"
„Ich denke nicht", sagte Mrs. Whitcroft. „Wir werden morgen noch eine Durchlaufprobe machen. Mrs. Denison, bitte wäre es Ihnen möglich zu kommen? Helen wird wahrscheinlich ziemlich durcheinander sein, milde gesprochen, und ich möchte meinen, Ihre Gegenwart wird ihr sehr angenehm sein."
„Sie könnten mich keinesfalls davon abhalten", versicherte ihr Mrs. Denison.
„Was ist mit dem Nagel?" fragte Bob plötzlich. „Nehmen wir den hier oder einen neuen?"
„Gut, daß du daran gedacht hast. Wir wollen nicht riskieren, daß er abbricht, und ein neuer wäre wahrscheinlich am besten überall rund."
„Sie meinen nicht, der alte hätte mehr – nun ja, Macht? Er ist schon einmal sehr wirkungsvoll eingesetzt worden", fragte Mr. Denison.
Mrs. Whitcroft überdachte den Einwurf.
„Ich glaube nicht", sagte sie schließlich. „Soweit ich weiß, liegt die Wirkung allein im Stahl und sonst nirgendwo. Ich werde keine Zaubersprüche über ihn murmeln, verstehen Sie!" Die letzte Bemerkung klang beinahe wütend. Sie fuhr in ihrem normalen Tonfall fort: „Mr. Denison, vielleicht könnten Sie das besorgen: oh ja, und einen schweren Hammer auch? Danke. Also,

Sonnenuntergang ist gegen halb Zehn, könnten Sie deshalb bitte alle nicht später als Neun hier sein?"
„Wir haben eine Probe", erinnerte Bob. „Soll ich versuchen, mich da loszueisen, oder was?"
„Besser nicht, glaube ich." Es war Mr. Denison, der antwortete. „Das beste wäre, wir könnten sicher dafür sorgen, daß der Wechselbalg nicht zu Hause ist, finden Sie nicht?" fragte er Mrs. Whitcroft. „Es wäre für die Somersets ein wenig entnervend, wenn ihre Tochter plötzlich in einem Rauchwölkchen verschwände." Er entdeckte, daß ihm die Sache ziemlichen Spaß zu machen begann.
„Ich glaube nicht, daß dafür große Wahrscheinlichkeit besteht", sagte Mrs. Whitcroft. „Ich denke, sie würde einfach sagen, sie ginge aus – oder nicht, natürlich – und käme hierher. Das muß sie nämlich."
„Ja, das sagten Sie bereits", stimmte Mr. Denison zu.
„Aber darum geht es nicht", warf Bob plötzlich ein. Soeben war ihm eine beunruhigende Möglichkeit eingefallen.
„Eigentlich glaube ich gar nicht, daß sie überhaupt zur Probe erscheint; aber ich muß hin, um Miss Kinross abzuwimmeln."
Mr. Denisons Augenbrauen wölbten sich, doch er fing den Blick seiner Frau auf und beschloß, nicht unbedacht zu reagieren.
„Was meinst du damit?" fragte er, obwohl er zu verstehen glaubte, worauf Selden abzielte.
„Na, angenommen, keiner von uns ließe sich blicken, was würde Miss Kinross da tun? Sie könnte die Somer-

sets anrufen, um herauszufinden, wieso, und wenn die Somersets glaubten, sie sei auf der Probe –"
„– würden sie anfangen, sich Sorgen zu machen", schloß Mr. Denison für ihn. „Teenagertochter verschwunden. Sie könnten sogar die Polizei rufen, was überhaupt nichts helfen würde. Schlaue Überlegung, Selden." Er konnte nicht widerstehen hinzuzusetzen: „Wir überlassen es also dir, Miss Kinross abzuwimmeln."
„Das wirst du wohl müssen, Tom", stimmte Mrs. Whitcroft ein wenig entschuldigend zu. „Aber du mußt unbedingt rechtzeitig genug hier sein."
„Unbesorgt", versprach Bob.
In den leichten Aufbruchswirren gelang es Mr. Denison, Mrs. Whitcroft im Wohnzimmer in die Enge zu treiben.
„Nun?" fragte er ruhig und wußte, daß sie verstehen würde.
„Ich halte es für theologisch anfechtbar", sagte sie, „und das ist beruhigend; aber trotzdem haben wir natürlich keinerlei Recht, dieses Risiko einzugehen." Er war noch immer verwirrt, aber sie wollte nicht mehr sagen.
„Fällt jemand etwas ein, was wir vergessen haben?" fragte sie laut und komplimentierte sie hinaus. Niemand antwortete. „Gut, dann sehen wir uns also morgen. Und wenn irgend jemand etwas einfällt, dann soll er es um Himmels willen die übrigen gleich wissen lassen. Danke für's Kommen", fügte sie für die Denisons hinzu, „und die lange Geduld. Gute Nacht, dann."

Die drei entfernten sich über den Pfad; Mr. Denison war ganz offensichtlich in Gedanken verloren. Auf dem halben Weg zum Tor blieb er abrupt stehen.
„Was ist los, Dave", fragte seine Frau. Er sah, daß Selden ganz in der Nähe war.
„Nichts. Mir ist nur eben etwas eingefallen – ein Stück von einem Gedicht. Es ist nicht wichtig."
Er schaute zu der Gestalt im Türrahmen zurück und nickte ihr leicht zu, zum Zeichen, daß er verstand. Deshalb hatte sie das Thema gemieden, und ganz zu recht. Selden wußte es nicht, und er selbst wollte mit Sicherheit nicht, daß sich Mary deswegen Sorgen machte. Es mochte schon theologisch anfechtbar sein, dachte er; aber dennoch gefror ihm das Blut bei dem Gedanken an *Tam Lin:*

Ja, und nach jedem siebten Jahr
  Zahl'n wir der Höll' den Zehent,
Ich bin so schön und voll im Fleisch,
  Ich fürchte um mich selbst.

Vierzehn

Bob erschien zu der vermeintlichen Probe am nächsten Abend zu spät. Es fiel ihm schwer, pünktlich zu einem Ereignis zu kommen, von dem er wußte, es würde nicht stattfinden, und er hatte festgestellt, daß es ihm auch zutiefst widerstrebte, Miss Kinross gegenüberzutreten. Welchen Verlauf die Ereignisse auch nahmen, es würde eine schwierige Begegnung werden, und er versuchte ganz entschieden, nicht darüber nachzudenken, aus Furcht, sich im Geist eine Halbwahrheit zurechtzuzimmern, die bei einem Kreuzverhör bösen Schiffbruch erleiden könnte, und zwar mit unvorhersehbaren und

möglicherweise verheerenden Folgen. Es schien ihm sicherer, die Dinge so zu nehmen, wie sie kamen.
Er hatte sich während der ganzen Fahrt zur Schule in allen Richtungen nach dem Wechselbalg umgesehen und überlegt, was er tun sollte, falls er sie traf. Doch es hatte jede Spur von ihr gefehlt, und er befürchtete jetzt, daß sie vor ihm da war.
Als er jedoch den Musiksaal betrat, war da nur eine verärgerte Miss Kinross.
„Ich erwarte Pünktlichkeit", begrüßte sie ihn kalt. „Wenn ich rechtzeitig hier sein kann, sehe ich absolut keinen Grund, warum du es nicht auch sein kannst. Und wo ist Helen?"
„Entschuldigung, Miss Kinross", sagte Bob. Er war sich der Berechtigung dieser Bemerkung viel zu bewußt, um selber verärgert zu sein. „Ich weiß es nicht", fuhr er ihre Frage beantwortend fort. „Ich habe sie den ganzen Tag nicht gesehen." Er öffnete seinen Flötenkasten und begann, das Instrument langsam zusammenzusetzen, hörte aber beinahe sofort wieder damit auf. Die stillschweigende Lüge dieser Handlung beleidigte sein Redlichkeitsgefühl: er wußte, daß er heute abend nicht Flöte spielen würde: hier jedenfalls nicht. Er merkte, daß es ihm mehr als sonst widerstrebte, irgend etwas zu tun, was als Unredlichkeit ausgelegt werden könnte, ausgerechnet heute, aber er konnte nicht entscheiden, ob dies Ergebnis irgendeiner Form von Aberglauben oder gesundem Menschenverstand entsprang. Er wünschte, Mrs. Whitcroft oder Mr. Denison hätten ihm einen Tip für sein Vorgehen gege-

ben; doch gestern abend war es ihm nicht besonders schwierig erschienen.

Er vermutete, daß er wahrscheinlich idiotisch aussah, wie er so dastand und nichts tat und sagte, und er fing beinahe vom Fleck weg zu erklären an, daß „Helen" nicht kommen würde; doch statt dessen, und ohne genau zu wissen, wieso, sagte er einer plötzlichen Regung folgend: „Hören Sie, es tut mir leid wegen neulich Abend. Montag. Ich glaube, ich habe mich wirklich nicht gut benommen."

Er dachte augenblicklich, einen schlimmen Fehler gemacht zu haben. Miss Kinross wollte bestimmt nicht an diese besondere Erfahrung erinnert werden. Aber sie sagte ruhig: „Ist in Ordnung. Wir waren wohl alle ein wenig mit den Nerven herunter. Schwamm drüber, einverstanden?"

Bob entdeckte, daß ihn diese Reaktion gar nicht einmal so sehr überraschte, und diese Entdeckung kam einer kleinen Offenbarung gleich. Miss Kinross war letztlich vielleicht doch nicht so übel. Er konnte sich sogar ohne allzu großen Krampf vorstellen, daß er anfangen könnte, sie zu mögen! Es entstand eine peinliche Stille, als er diese neue Empfindung verdaute. (Nein, nicht wirklich neu, entschied er. Er hatte vorher nur nicht gewußt, daß er es wußte).

„Wo in aller Welt ist das Mädchen bloß hingekommen?" sagte Miss Kinross mit unbewußter Ironie, die Bob nicht entging. Er glaubte jetzt, aufrichtige Sorge aus Miss Kinross verständlichem Ärger herauszuhören. Er kam zu einem Entschluß und begann, die Flöte wie-

der auseinanderzunehmen und wegzupacken. Das war's dann wohl. Er holte tief Luft und sagte entschuldigend:
„Ich fürchte, sie wird nicht kommen."
„Ich dachte, du sagtest, du wüßtest es nicht." Miss Kinross war jetzt echt wütend, und er konnte es ihr wirklich nicht verübeln.
„Ja. Also, das stimmte auch, irgendwie. Sie könnte kommen... aber ich glaube nicht, daß sie es wird. Eigentlich bin ich mir ziemlich sicher, daß sie es nicht wird. Hoffe ich jedenfalls." Er machte eine Pause. „Das ist alles ziemlich kompliziert..." Er verstummte. Was sollte er ihr jetzt erzählen: die ganze Geschichte? Er war sich nicht sicher, ob er dazu überhaupt berechtigt war. Miss Kinross lieferte ihm das Stichwort schließlich selbst, indem sie sagte:
„Irgend etwas ist da doch im Gange? Irgend etwas recht Sonderbares?"
„Ja", sagte Bob mit einiger Erleichterung, und dann kam ihm eine Idee, eine so einleuchtende, daß er sich fragte, warum er nicht eher darauf gekommen war. „Hören Sie, ich weiß nicht, ob ich versuchen sollte, das jetzt alles zu erklären. Aber würden Sie Mr. Denison anrufen? Er weiß nämlich über alles Bescheid." Und er kann entscheiden, was und wieviel sie wissen sollten, setzte er für sich hinzu.
„Ausgezeichnet. Ich glaube, das mache ich. Jetzt gleich, vom Lehrerzimmer aus. Warte hier – nein, ich glaube, du kommst besser mit mir."
Bob hätte ihr beinahe versichert, daß er nicht weglau-

fen würde, aber er beschloß, daß es unverschämt klingen würde und es auch tatsächlich wäre, deshalb sagte er statt dessen nur: „In Ordnung", und begleitete die Musiklehrerin durch die leeren Korridore und wartete draußen vor dem Lehrerzimmer.
Er fing Bruchstücke der einseitigen Unterhaltung auf: „Ja ... Robert Selden ... ja, das stimmt, und Helen Somerset ... etwas recht Eigenartiges ... sagte, Sie wüßten vielleicht ... keine Ahnung ... schön, wenn Sie ganz sicher sind ... ja. Danke." Miss Kinross erschien wieder.
„Nun, Mr. Denison scheint alles unter Kontrolle zu haben. Er sagte, er würde mir mit deinem Einverständnis am Montag alles erzählen. Er sagte auch, daß ich kein Wort davon glauben würde, und das finde ich ziemlich sonderbar."
Bob konnte ein Lächeln nicht unterdrücken.
„Ja, ich finde, das faßt die Situation recht gut zusammen. Von mir aus kann er es Ihnen ruhig erzählen. Aber da ist natürlich auch noch Helen; doch sie wird wahrscheinlich einverstanden sein." Sie gingen zum Musiksaal zurück. „Danke, daß Sie so verständig waren", sagte Bob. „Es wäre sonst wirklich sehr unangenehm gewesen."
„Ich versuche immer, verständig zu sein", sagte Miss Kinross scharf; aber lag dahinter nicht doch eine Portion Humor? „Ich muß gestehen, so ganz wohl ist mir bei der Sache immer noch nicht. Aber wenn Mr. Denison das Kommando führt, dann wird es bestimmt in Ordnung sein."

Das hoffe ich, dachte Bob, doch laut sagte er bloß: „Danke, jedenfalls."
So schlimm war das ja gar nicht, dachte er, als er langsam die High Street entlanggondelte. Er hatte eine allgemeine Suche nach Helen abgewimmelt, die unvermeidbar gewesen wäre, hätte sich herausgestellt, daß sie von zu Hause angeblich zu einer Probe gegangen war, zu der sie nie erschienen war; er hatte es geschafft, daß Miss Kinross mehr oder weniger unbekümmert blieb; und er hatte entdeckt, daß die Musiklehrerin nicht nur menschlich war, sondern vielleicht sogar liebenswert sein könnte. Also, wenn der Rest des Abends genauso problemlos vonstatten ging ...
Er hatte viel Zeit, und er ließ sich die Ereignisse der vergangenen Wochen durch den Kopf gehen. Die Melodie, mit der alles angefangen zu haben schien, war noch immer in seinem Kopf, und er merkte jetzt, daß es, seit er sie das erste Mal gehört hatte, kaum eine Zeit gegeben hatte, wo sie nicht irgendwo dagewesen wäre. Mußte er damit bis an sein Lebensende leben, fragte er sich, oder würde sie allmählich kontrollierbarer werden, sich nach Belieben herbeizitieren oder fortschikken lassen?
Er blickte zu der großen Esche hinüber, sobald sie in Sicht kam: nun, das war eine Erinnerung, ohne die er durchaus leben könnte. Er überlegte kurz, welche Art Empfindungen Crooker jetzt haben würde, wenn überhaupt welche. Schlief er (es?) jetzt, sozusagen; oder glotzte er ihn mit machtlosem Haß an? Diese Möglichkeit bereitete ihm Unbehagen, und er sah sich die Wäl-

der in seinem Rücken genau an. Aber vielleicht bewohnte Crooker jetzt auch mit den Leuten ein unvorstellbares Reich und ging nur gelegentlich auf Beutestreifzüge in die Welt.

Mit den Leuten.

Mit Helen.

Mit einem kalten Schock kam ihm plötzlich die mißliche Lage des Mädchens in den Sinn. War sie, gefangen in Elfland, vor Crooker und seinesgleichen sicher? Und ein noch schrecklicherer Gedanke tauchte auf und ließ ihm übel werden.

Er hatte sich an den Zehent erinnert.

Zahl'n wir der Höll' den Zehent. Natürlich, darüber hatten Mrs. Whitcroft und Mr. Denison letzte Nacht gesprochen, das hatte er nicht hören sollen. Sie hatte gesagt, es sei „theologisch anfechtbar". Anfechtbar! Nicht einmal definitiv falsch, nur anfechtbar. Ließen sie sich da auf so eine Sache ein?

Plötzlich raste er so schnell er konnte auf Mrs. Whitcrofts Cottage zu. Sie mußte das alles erklären.

Er kam beinahe verzweifelt und atemlos an, so daß er warten und sich erholen mußte, ehe er überhaupt fragen konnte. Und während er wartete, wurde ihm klar, wie unsinnig seine Sorge war: reine Panik. Er sollte doch eigentlich mehr Verstand haben.

Mrs. Whitcroft schien nicht besonders bekümmert oder aufgeregt, und obwohl er sie im Verdacht hatte, seine Nöte zu kennen, fragte sie ihn nur nach der Probe und was geschehen war, so als triebe sie beiläufig Konversation.

Bob ließ sich müde in einen Sessel fallen, und eine Welle der Niedergeschlagenheit überflutete ihn. Er fühlte sich völlig nichtig.
„Keine Probe", sagte er. „Sie ließ sich natürlich nicht blicken. Ich bat Miss Kinross, Mr. Denison anzurufen, und er scheint die Sache klargestellt zu haben. War das richtig? Was anderes ist mir nicht eingefallen."
„Sehr gut, denke ich", sagte Mrs. Whitcroft. „Solange wir dadurch nur unsere Ruhe haben."
Jetzt merkte Bob, daß es ihm widerstrebte, über seine Panik vor wenigen Minuten zu sprechen, und statt dessen fragte er plötzlich: „Wie ist das jetzt für sie? Helen, meine ich. Was glauben Sie, empfindet sie dabei?"
Mrs. Whitcroft überlegte.
„Ich bin mir nicht sicher, ob das eine große Rolle spielt", sagte sie schließlich. „Die Zeit scheint etwas anders zu vergehen, wenn man bei den Leuten ist. In den Geschichten stellen die Menschen bei ihrer Rückkehr ziemlich oft fest, daß in der Zeit, die sie für wenige Minuten hielten, Jahre vergangen waren. Sie denkt vielleicht, es sei noch immer der letzte Freitag. Ich nehme nicht an, daß sie unglücklich ist; noch nicht, jedenfalls", schloß sie.
„Das dachte ich mir", sagte er dumpf. Er befand sich in einer seltsamen Verfassung, die aus den sich gegenseitig widersprechenden Gefühlen der Furcht um Helens Sicherheit und dem Widerwillen, sich weiter einzumischen, bestand. Zwischen diesen Extremen lag ein tödlich wüstes Land der Unschlüssigkeit.
„Was ist los, Tom?" fragte Mrs. Whitcroft ruhig.

Einen Moment lang antwortete er ihr nicht. Dann sagte er unvermittelt und unsicher, ob es das war, was er hatte sagen wollen: „Hören Sie, sind Sie sicher, daß wir da hineinpfuschen sollten? Ich meine, warum sollte ich mich da groß aufspielen? Es ist doch ihre Entscheidung, ob sie bleiben oder zurückkommen will, nicht meine."

„Tom", sagte die alte Dame, „wenn sie ertrinken würde, wäre es da ihre Entscheidung, unterzugehen oder zu schwimmen, oder würdest du vielleicht denken, du solltest helfen?"

„Aber das ist etwas anderes. Sie war doch glücklich, tanzte um den Baum. Im Grunde", erinnerte er sich, „war das ihre eigene Idee." Er argumentierte unsinnigerweise für etwas, was er überhaupt nicht glaubte.

Mrs. Whitcroft machte ein ernstes Gesicht.

„So einfach ist das nicht, Tom. Du mußt an ihre Seele denken, verstehst du."

Das Gespräch war also zu seiner Erleichterung zum anderen Horn seines Dilemmas gekommen. Sie sprach noch immer.

„Während sie bei den Leuten ist, ist sie, soweit ich weiß, unsterblich. Das ist für uns verkehrt. Am Ende müssen wir sterben, weißt du. Klingt lächerlich, nicht? Du mußt sie retten, damit sie sterben kann."

„Ja", sagte er beinahe gelassen. „Sie meinen, ich muß –" er stockte bei dem Satz – „ihre Seele retten."

Mrs. Whitcroft war dem Ärger so nahe, wie er es nie zuvor bei ihr erlebt hatte.

„Natürlich nicht! Sei nicht so albern. Das ist bereits

geschehen, für sie, genauso wie für uns alle. Und wenn du heute abend keinen Erfolg hast, ist sie vermutlich auch nicht unbedingt verloren. Aber du mußt es versuchen. Sie sollte in diese Welt zurück, wo sie hingehört. Und ich habe dir schon mal gesagt: es geht nicht nur um sie. Wir wollen nicht, daß Die Leute wieder zurückkommen, und alle die Dinge, die sie begleiten. Wir wollen nicht, daß Crooker auf dem Weg oder Nicky Nicky Nye unter der Brücke wartet."
„Das ist eine andere Sache, über die ich mir Gedanken gemacht habe", sagte Bob. „Aber darauf kommen wir noch zurück. Wie ist das mit diesem Zehent – so heißt das doch, oder – ich denke, sie sagten Mr. Denison gestern abend etwas darüber, von wegen, es sei theologisch anfechtbar. Ist das richtig?"
„Nun, ja", sagte Mrs. Whitcroft. „Siehst du, ich glaube nicht, daß man durch bloße Gewalt in die Hölle verschleppt werden kann. Das war es auch, was ich mit der Theologie meinte. Aber wir haben natürlich kein Recht, dieses Risiko einzugehen."
Bob merkte, daß sie ihn prüfend anschaute, und er grinste plötzlich.
„Keine Bange", sagte er. „Nur eine vorübergehende Verirrung. Es soll nicht wieder vorkommen."
„Welchen Weg bist du hergekommen?" sagte die alte Dame, wie um das Thema zu wechseln.
„Heute abend? Gerade eben? Den Weg entlang und über die Brücke . . . Oh." Er glaubte den Sinn der Frage zu verstehen. „Glauben Sie, das ist es: daß ich gewissermaßen unter ihrem Einfluß stand?"

„Könnte sein."

„Ja. Da irgendwo unterwegs kam mir der Gedanke, da dachte ich plötzlich, warum sich Sorgen machen? Doch ich glaube nicht, daß ich wirklich davon überzeugt war. Jedenfalls bin ich sicher, daß es nicht wieder passieren wird."

„Gut. Paß auf, daß es nicht wieder geschieht. Es ist gut, daß wir das jetzt klargestellt haben. Gefahr erkannt, Gefahr gebannt, heißt es."

Draußen fuhr ein Wagen vor.

„Da sind die Denisons", sagte sie. „Was war doch gleich die ‚andere Sache', über die du noch reden wolltest – über Crooker, glaube ich?"

Bob dachte zurück.

„Oh, ja. Das ist mir eben erst eingefallen. Das Problem ist, wird ihn das alles auch wirklich fesseln? Mir kommt es nicht gerade viel vor für so ... etwas. Und es hat auch nicht mal mit ihm zu tun. Eigentlich haben wir es doch auf Die Leute abgesehen, oder?"

„Jemand zu Hause?" rief Mr. Denison durch die offene Tür.

„Wir sind hier drin", antwortete Mrs. Whitcroft. „Nur herein."

Die Denisons kamen ins Zimmer, und Mrs. Whitcroft drehte sich zu ihrer Begrüßung um.

„Ich glaube, wir haben noch ein paar Minuten Zeit", sagte sie. „Wollen Sie nicht Platz nehmen? Tom und ich, wir sprachen gerade über Crooker."

„Erbauliches Thema", meinte Mr. Denison. „Ich frage mich trotzdem, ob es dieselbe Frage ist, die ich habe."

Mrs. Whitcroft und Bob blickten ihn interessiert an.
„Wird unsere kleine Zeremonie ihm wirklich einen Strich durch die Rechnung machen? Wenn er tatsächlich so tückisch ist, wie Selden behauptet, bezweifele ich das ein wenig. Habe ich recht? Also, und wie lautet die Antwort?"
Mrs. Whitcroft schwieg einen Moment. Als sie dann sprach, klang es fast entschuldigend.
„Die ehrliche Antwort lautet, daß ich es nicht weiß. Es ist nur eine Vermutung, und ich bete, daß ich recht habe. Also: wir wissen, daß Crooker erst im Gefolge der Leute wieder auftauchte, seine Verbannung scheint also irgendwie mit der ihren verknüpft. Ich sagte neulich abend zu Tom, daß sie zur selben Welt gehören: zum selben System von Dingen, wenn Sie verstehen, was ich meine. Und noch etwas – alle diese ... Manifestationen scheinen an besondere Orte gebunden zu sein – an Steine, Bäume, Hügel und so weiter. Ich meine nicht bloß hier in Brigg, sondern überall. Es ist, als müßte es einen Brennpunkt für die Energie geben oder so etwas. Und wenn dieser Punkt – in unserem Fall natürlich der Baum – vielleicht neutralisiert werden kann ..."
„Dieser eine Nagel", sagte Mr. Denison, „ist also nicht der einzige – nun, Exorzismus, der vorgenommen wurde?"
„Oh, du liebe Güte, nein", antwortete Mrs. Whitcroft. „Nach allen Geschichten zu urteilen, würde ich annehmen wollen, daß derartiges ringsum in der Gegend gemacht worden sein muß. Gewiß nicht nur hier."

„Die Energiebrennpunkte neutralisieren", meinte Mr. Denison. „Wissen Sie, das alles fängt an, recht rational zu klingen – beinahe wissenschaftlich."
„Warum denn auch nicht?" Mrs. Whitcroft amüsierte sich klammheimlich.
„Und der Glaube?" warf Mrs. Denison unerwartet ein. „Denken Sie nicht, daß der dabei auch eine kleine Rolle spielt? Ich will nur sagen, heutzutage herrscht ein ziemlicher Unglaube an die El- Verzeihung, an Die Leute. Sogar Dave glaubt all das nur halb, und er steckt doch mit drin. Könnte es nicht ein bißchen so sein, wie beim Spiritismus – sie wissen schon, da heißt es auch immer: ist ein Skeptiker in der Nähe, tut sich nichts?"
„Im Spiritismus kenn ich mich nicht aus", begann Mr. Denison zweifelnd.
„Aber ich", murmelte Mrs. Whitcroft. „Manchmal sehr gefährlich, meistens Schwindel. Deshalb wollen sie keine Skeptiker dabeihaben."
„Trotzdem", sagte Bob, „weiß ich, glaube ich, worauf es Ihnen ankommt. Angenommen, es ist wie ein Stück Gummi – man kann es durch Ziehen aus der Form bringen, aber wenn man losläßt, nimmt es seine ursprüngliche Gestalt wieder an. Wir haben unsere Angelegenheit jetzt etwas aus der Form gebracht: wir brauchen nur loszulassen. Wenn Sie verstehen, was ich meine", schloß er ziemlich lahm.
„Ja, das ist es", stimmte Mrs. Denison zu.
„Und das Meinungsklima hilft das Gummi zu formen", sagte ihr Mann. „Nun, vielleicht." Und vielleicht ist

alles doch das Produkt krankhafter Phantasie, fügte er im stillen hinzu, doch mit weniger Überzeugung, als ihm lieb gewesen wäre.
Mrs. Whitcroft entschied offenkundig, daß es Zeit war, auf das Hauptgeschäft zurückzukommen. „Tom", sagte sie, „bist du dir restlos klar, was du tun mußt?"
„Zupacken und festhalten. Das ist alles, nicht wahr? Das ist einfach genug, selbst wenn es nicht ganz so leicht zu machen sein wird. Und Sie sagten, sie könnten mir nicht wehtun."
„Ich glaube nicht, daß ich es genauso gesagt habe, oder?" fragte Mrs. Whitcroft ernst. „Was ich meinte, war, sie können dich nicht verletzen. Das ist vielleicht nicht ganz dasselbe."
„Wie das?" fragte Bob verblüfft. „Kapier ich nicht."
„Mr. Denison schon, glaube ich. Es ist wieder nur eine Vermutung", sagte sie entschuldigend, „aber ich halte es für wahrscheinlich, daß sie dich, wenn sie dich glauben machen können, Dinge zu sehen, die nicht da sind, auch glauben machen können, Dinge zu fühlen. Du mußt dich daran erinnern, daß es nicht real ist. Sie werden keine direkte physische Gewalt anwenden – ich glaube tatsächlich nicht, daß sie das können – aber du könntest glauben, daß sie es tun. Ich sagte dir ja, es würde nicht leicht sein."
Die alte Dame ließ ihn darüber nachdenken und wandte sich an die Denisons.
„Nun, Mr. Denison", sagte sie, „haben Sie den Nagel mitgebracht?"
„Hier, bitteschön – tut's dieser?" Er war fünfzehn Zen-

timeter lang und funkelte hell in seiner Hand. „Den Hammer habe ich im Wagen gelassen."
„Ausgezeichnet", bestätigte Mrs. Whitcroft. „Und Sie wissen auch, was Sie in dieser Sache zu tun haben?"
„Wenn Sie damit meinen, was ich denke, was ich überhaupt hier zu tun habe", erwiderte Mr. Denison, „dann lautet die Antwort, daß ich nicht die leiseste Ahnung habe. Aber ich glaube, ich weiß, was von mir erwartet wird, wenn Seldens Freunde auftauchen."
„Könnten Sie das bitte rasch durchgehen?" beharrte Mrs. Whitcroft. „Um meiner Seelenruhe willen. Wir wollen doch keine Zufallspannen."
„Wie Sie möchten. Also, ich warte so lange in der Nähe, bis Selden seine Sache gemacht hat und das Mädchen festhält. Dann lege ich meine Jacke –"
„Nein!" Mrs. Whitcrofts Stimme war schneidend. „Nicht Ihre. Toms Jacke. Es muß Toms Jacke sein." Ihr Blick streifte Mrs. Denison.
„Tut mir leid", gab Mr. Denison zu und fragte sich, ob er ihre Betroffenheit richtig gedeutet hatte. „Kommando zurück. Ich lege ihr Toms – Seldens – Jacke um. Dann schlage ich den Nagel in den Baum. Wo, übrigens? Muß er an eine spezielle Stelle?"
„Tom?" fragte Mrs. Whitcroft.
„Er war ziemlich dicht am Boden – genau da, wo sich der Stamm teilt."
„Dann sollte er dort am besten auch wieder hin. Ich glaube, ein paar Zentimeter spielen keine große Rolle. Aber sorgen Sie bitte dafür, daß er ganz drinsteckt und nicht wieder herausgezogen werden kann."

„Gut. Und das wäre es dann, nicht? Wir kommen zurück und erstatten Bericht."
„Ihr kommt mit Helen zurück, hoffe ich", sagte Mrs. Whitcroft.
„Was ist mit Helen?" warf Mrs. Denison ein. „Wird es ihr gut gehen?"
Mr. Denison war noch immer überrascht, daß seine Frau alles restlos akzeptierte, was Selden und die alte Dame ihnen erzählt hatten.
„Naja, natürlich wird sie ein wenig verwirrt sein. Ansonsten hoffe ich, daß es ihr gut gehen wird."
„Ein wenig verwirrt", rief Mrs. Denison aus. „Ich hätte gedacht, das arme Mädchen würde außer sich vor Angst sein."
„Nun, vielleicht ist sie das auch", räumte Mrs. Whitcroft ein. „Aber kurz bevor Sie kamen, habe ich Tom gerade erklärt, daß sie wahrscheinlich gar nicht richtig wissen wird, was vorgefallen ist. Ich denke, für sie wird es immer noch Freitag vergangener Woche sein, und Mr. Denison wird einfach wie aus heiterem Himmel auftauchen. Daß Tom da ist, wird sie natürlich erwarten. Der richtige Schock wird später kommen, wenn wir alles erklären müssen. Das wird ihr wirklich Angst machen."
„Meinen Sie, wir müssen es erklären?" Entgegen seinem Willen glaubte Mr. Denison immer häufiger an die Wahrheit der Geschichte. „Wäre es nicht besser, wir würden uns etwas ausdenken, das ein wenig glaubhafter für sie ist?"
Mrs. Whitcroft lächelte.

„Ich merke schon, Sie sorgen sich noch immer um die psychische Belastung", sagte sie, „auch wenn das jetzt Helen betrifft anstatt Tom. Aber so geht es nicht. Sie muß wissen, daß eine ganze Woche vergangen ist, ohne daß sie es merkte, und dafür fällt mir wirklich keine glaubhafte Erklärung ein."
„Ach, los jetzt", platzte Bob heraus, sprang auf die Füße und marschierte unruhig umher. „Gehen wir und bringen es hinter uns, anstatt darüber zu reden, was wir hinterher tun werden."
„Du wirst sowieso auf sie warten müssen", erinnerte ihn Mrs. Whitcroft. „Wo ist deine Flöte, nur für den Fall, daß du sie brauchst?"
„In meiner Satteltasche. Ich geh sie holen." Er ging hinaus, froh, etwas tun zu können.
„Wenn das alles eine Halluzination ist", sagte Mr. Denison ernst, „wird der Junge einen Riesenzusammenbruch bekommen. Diese Kleinigkeit gefällt mir nicht."
„Die Gefahr, Mr. Denison", sagte die alte Dame, „besteht darin, dieses Mädchen zu verlieren."

Bob kam zurück und baute bereits seine Flöte zusammen. „Können wir denn nicht los?" sagte er. „Wir dürfen uns nicht verspäten."
Mrs. Whitcroft blickte hinaus auf den klaren Abendhimmel.
„Ja. Ich denke, ihr geht jetzt besser."
„Verstecken wir uns?" fragte Mr. Denison plötzlich. „Und wenn ja, wo?"

„Geht nicht", sagte Bob knapp. „Da gibt's keine Deckung."
„Ich schlage vor, ihr legt euch einfach nur hin und muckst euch nicht", riet Mrs. Whitcroft. „Mr. Denison, versuchen Sie, Hammer und Nagel versteckt zu halten. Sie werden natürlich wissen, daß sie keinen Stahl mögen. Tom, hast du noch das Johanniskraut?"
„Ja." Er zog das welke Blumensträußchen aus der Tasche.
„Du läßt es besser hier. Auch das könnte sie alarmieren. Und Tom." Sie fixierte ihn mit den Augen. „Das was du vorhin beim Reinkommen gesagt hast – von wegen sich nicht einmischen."
„Ja. Ich achte drauf. Ich glaube nicht, daß ich darauf nochmal reinfalle."
„Gut. Also: sorge dafür, daß du sie zu fassen bekommst. Und dann laß auf keinen Fall los, was auch geschieht. Was auch geschieht", wiederholte sie. „Du darfst nicht loslassen. Denke daran, daß nichts von dem, was dann zu geschehen scheint, real sein wird."
„Ja", sagte er wieder. Er hielt an der Tür inne, so als wollte er noch etwas sagen, doch er konnte die Worte nicht finden; deshalb sagte er nur: „Wir sehen uns dann später."
Sie gingen hinaus. Mr. Denison holte den Hammer aus seinem Wagen und schwang ihn einmal zur Probe. Dann folgte er nach einem letzten Blick auf seine Frau und mit einem hilflosen Achselzucken Bob über den Weg und durch die Hecke.
Die beiden Frauen verfolgten ihren Weg. Mary Deni-

son sah, wie sich die Lippen der alten Dame bewegten – ein Gebet, vermutete sie. Nach einem Moment sagte sie, um das Schweigen zu brechen:

„Nun, und was tun wir?"

Mrs. Whitcroft schaute sie mit einem Lächeln an und wirkte plötzlich sehr alltäglich.

„Das, was man von Frauen in Krisenzeiten immer erwartet", sagte sie. „Wir werden Tee kochen."

Fünfzehn

Bob und Mr. Denison gingen schweigend den Hügel hinauf. Einmal öffnete Mr. Denison den Mund, wie um zu sprechen, schloß ihn wieder und schüttelte den Kopf. Er war tief besorgt.
Sie kamen zur Kuppe, und Bob wählte einen Platz aus, südlich vom Baum, etwa fünf Schritte entfernt.
„So gut wie sonstwo", sagte er, legte seine Flöte ins Gras und setzte sich. Die Sonne hing tief am Himmel, nur wenige Grad über dem Horizont.
Es war sehr still. Unten in den Wäldern konnte Mr. Denison Vogelgezwitscher hören. Auch jetzt war es

noch nicht zu spät, dachte er, auch jetzt konnte er noch alles platzen lassen, obwohl das mit Sicherheit bedeuten würde, daß er versuchen müßte, Selden mit Gewalt wegzuschleppen. Das wäre bestimmt besser, als eine solche Einbildung zu nähren – aber war es denn überhaupt eine Einbildung? Mary hielt es gewiß nicht dafür. Auf jeden Fall konnte er es sich leisten, ein paar Minuten zu warten und seine Rolle in dem Spiel spielen, wie er es versprochen hatte. Das würde Selden sicher nicht mehr Schaden zufügen, als schon geschehen war. Und außerdem, angenommen ... es stimmte doch, was, wenn er den Versuch, das Mädchen zu retten vereitelte? Und dieser Ort hier hatte schon fraglos etwas, eine gewisse Atmosphäre ...
Er schalt sich wegen seines Wankelmuts. Er würde hier ungefähr zehn Minuten warten, bis die Sonne untergegangen war. Dann würde er anfangen, sich über Ärzte Gedanken zu machen.
„Gib mir jetzt besser deine Jacke", sagte er schroff, und Bob zog sie aus und reichte sie ihm ohne ein Wort. Mr. Denison sah, daß er leicht zitterte, doch ob vor unterdrückter Erregung oder Angst oder etwas anderem, konnte er nicht sagen.

Die Sonne sank tiefer, bis ihr Rand beinahe den Horizont berührte. Mr. Denison wurde plötzlich gewahr, daß die Vögel verstummt waren.
Bob bewegte sich ungeduldig.
„Meinen Sie, ich sollte zu spielen anfangen?" fragte er gedämpft.

Mr. Denison schüttelte den Kopf.
„Noch nicht. Warte fünf Minuten." Er wollte die unvermeidliche Krise, wie immer sie aussehen würde, solange herauszögern wie möglich.
Sitzend warteten sie weiter, keiner sprach, während der Sonnenuntergang immer näher rückte. Bob beobachtete den Weißdornbaum. Mr. Denison schaute weg und blickte gleichgültig den Hügel hinab auf die Wälder. Dann wurde er mit einmal sehr still.
„Schau", murmelte er, indem er Bobs Arm berührte und vorsichtig deutete.
Bob sah die Gestalt aus den Bäumen treten und langsam und anmutig den Hügel zu ihnen hinauftanzen. Der Wechselbalg: sie war gekommen, so wie es Mrs. Whitcroft vorhergesagt hatte. Er drehte sich wieder zu dem Baum um, und im Augenblick hörte er die Musik wieder, wie aus großer Entfernung.
„Da", hauchte er. "Können Sie es hören?"
Mr. Denison wollte schon den Kopf schütteln, da kam der Klang näher. Seine Augen weiteten sich.
Ein feiner Nebel bildete sich unter dem Baum, so als walle er aus ihm hervor, und wirbelte im Kreis um ihn herum. Die Flöte klang jetzt deutlicher, und der Nebel verdichtete sich mit der Musik, Silber und Grün und Gold, bis das Bild plötzlich scharf wurde und er die dreizehn tanzenden Mädchen sah.
Mr. Denison wandte sich mit der halbfertigen Absicht, sich zu entschuldigen zu Bob um, doch er sagte nichts. Bob kniete auf einem Bein und verfolgte gespannt den Tanz.

Warte, befahl er sich, warte, bis du sicher bist. Nichts überstürzen.

Er sah Helen im Kreis vorbeitanzen, noch immer lachend und singend mit ihren Gefährtinnen. Einmal, zweimal ließ er sie vorbeikommen, nur wenige Schritt entfernt. Gut. Das reichte. Nächstes Mal. Er schätzte es sorgfältig ab, teilte seine Bewegung so ein, daß er sie erreichen würde, wenn sie im tanzenden Kreis zum dritten Mal vorbeikam. Mr. Denison schlich neben ihm im Gras, versicherte sich des Hammers und Nagels und ordnete die Jacke neu.

Jetzt.

Mit ziemlich ruhigen Bewegungen trat Bob in den Tanz und streckte seine linke Hand aus, um Helens Handgelenk zu packen.

Es schrumpfte in seinen Fingern, und er hielt einen abgestorbenen Ast, geborsten und braun. Nach einem Augenblick entflammte er, spuckte und sprühte Funken über ihn. Er spürte den Schmerz des Feuers, spürte, wie seine Haut Blasen schlug, als sein Hemdsärmel Feuer fing und die Flammen zu seiner Schulter hochliefen, und er ließ ihn beinahe fallen. Wenn dies eine Illusion war, dachte er, dann war sie ziemlich realistisch. Doch als er sich an das *Blendwerk* erinnerte, veränderte sich sofort die Art der Schmerzen: sie wurden im eigentlichen Sinn nicht geringer, aber irgendwie unwirklicher, so daß er zurücktreten konnte und sich selbst beobachten, wie er sie ertrug. Diesen Trick hatte er erwartet, und er sah, daß er ihm gewachsen war. Er blickte auf seinen Arm und spürte vorübergehende Panik, als das

Fleisch schwarz wurde und aufbrach, dann hielt er sich wieder in der Gewalt. Er konnte den Knochen weißlich schimmern sehen, und der Gestank von brennendem Fleisch stieg ihm in die Nase, und für einen Moment umfing ihn eine Wolke von Übelkeit.
Sie verzog sich, und die Flammen waren verschwunden. Sein Arm war heil und unverletzt. Er empfand eine Woge des Triumphs und der Erleichterung, daß Mrs. Whitcroft recht damit behalten hatte, daß sie ihn nicht verletzen konnten; doch er wußte, daß dies erst der Anfang war, denn der verkohlte, schwarze Stumpf begann sich in seiner Faust zu drehen und zu winden und dabei länger und schlanker zu werden. Er hielt die Schlange in der Mitte ihres kalten, sehnigen Leibs. Wütend verknotete sie sich um seine Hand zu einem giftigen Ball, und er schauderte unwillkürlich vor Ekel: doch sein Griff blieb fest. Der platte Kopf hob sich, pendelte, starrte ihn mit böse glitzernden Augen an, die Giftzähne zum Biß entblößt. Die Augen tanzten einen Moment lang feindselig vor ihm, die Fänge stießen herunter und gruben sich in sein Handgelenk. Das Gift rann ihm wie ein neues und zehrenderes Feuer ins Blut, pulste durch seine Adern zum Herzen, und er wußte, er würde sterben, wenn es dort anlangte. Doch die Schlange loszulassen, würde ihm jetzt nichts helfen, denn die Dunkelheit senkte sich auf ihn herab.
Er rannte und stolperte wieder über den Weg und glitt im Matsch aus, und er hörte das Tosen des Stroms und die knarrende Stimme der Esche, als sie nach ihm faßte und heulte: „Töten! Töten!" Er hielt das offene Messer

in der Hand, und eine andere Hoffnung blieb ihm nicht. Er mußte es werfen, Aufschub und eine Chance gewinnen, die Brücke zu erreichen. Das Blut hämmerte in seinen Ohren, und er spürte die langen, dünnen Finger der Zweige nach seiner Kehle tasten und den Griff suchen, der ihm das Leben auspressen würde. „Töten!" kreischte Crooker, und er holte mit der Hand zum Wurf aus. Doch im letzten Moment weigerten sich seine Finger, sich zu öffnen, und statt dessen hielt er das Messer weiter fest und schlug verzweifelt hinter sich. Er erinnerte sich dunkel, daß er seinen Griff nicht lockern durfte, und die Esche wich zurück, als er das Gelächter der Elfen hörte, und das Licht kräftigte sich.
Er stand im Sonnenschein auf der Kuppe des Hügels neben dem Weißdornbaum.
„Bob", sagte eine Stimme. „Bob."
Er sah sich um. Helen stand dort, verlassen.
„Bist du nicht wegen mir gekommen, Bob?"
Die Flöte hallte traurig um den Baum. Er blickte zurück auf das Mädchen, dessen Handgelenk er hielt. Noch eine Helen. Welche war welche? Sie lächelte ihn süß an, und er entsann sich des Lächelns, das sie ihm auf der Brücke geschenkt hatte. Er mußte die falsche erwischt haben. Er hielt den Wechselbalg fest.
Tränen standen auf dem Gesicht der anderen, der wirklichen Helen.
„Laß sie los, Tom. Nimm mich, ehe es zu spät ist."
Das Mädchen, das er festhielt, lächelte noch immer. Sie leuchtete in einem seltsamen elfischen Licht, und ihre Augen waren grün. Er hatte die falsche. Sein Griff

begann sich langsam zu lösen. Es blieb vielleicht noch Zeit.

Tom! Sie nannte dich Tom! Er zögerte, und sein Gehirn begann wieder zu schalten. Warum das Feuer und die Schlange und die Esche, wenn er das falsche Mädchen hatte? Seine Finger schlossen sich wieder.

Die andere Helen lachte, und er wußte, daß er recht gehabt hatte.

„Beinahe, Tom, beinahe." Dann wurde sie ernster. „Doch genug der Gaukeleien und Maskeraden." Ihre Kleider verflossen zu weißen Roben, und ein silbernes Diadem glänzte in ihrem dunklen Haar. Ihr Gesicht erstrahlte.

„Ich bin nur Elflands Königin", flüsterte sie, und ihre Stimme klang wie Taubengurren. Dann: „Willst du wirklich dieses armselige, jämmerliche Geschöpf? Nimm sie, wenn du Lust hast."

Er schaute wieder die echte Helen an. Ihre Haut war rauh, ihr Haar dünn und schlaff.

„Ich habe Paläste und Obstgärten", schmachtete die andere, und Bob lachte fast über diese Offensichtlichkeit. Na komm, dachte er. Du wirst es doch noch mit einem schlechten Fernsehfilm aufnehmen können. Er war plötzlich zuversichtlich, und sein Griff blieb fest.

Die Wildkatze fauchte vor Wut und spuckte und kratzte nach seinen Augen. Er versuchte, sie auf Armeslänge Abstand von sich zu halten, und er fühlte seine Muskeln von der Anspannung schwer werden. Die Klauen zerrissen seine Hände zu blutigen Fetzen, und wieder mußte er sich zu dem Glauben zwingen, daß es nur eine

Illusion war. Es schien kaum möglich, daß so viel animalische Wut in so einem kleinen Körper entstehen konnte: obgleich die Katze an Größe und Gewicht zuzunehmen schien. Er spürte, wie seine Finger taub wurden, sich von selber öffneten, und mit einer verzweifelten Anstrengung krallte er sie tiefer in das Fell der Bestie. Er schloß die Augen, als ihm die Klauen über den Arm schrammten, sein Hemd zerrissen und rot mit Blut färbten.
Sie scharrten heillos, kraftlos.
„Du kannst sie haben, wenn du sie getötet hast", sagte die Elfenstimme, und er sah hin.
Seine Hand lag um Helens Kehle, seine Finger gruben sich tief ein. Er preßte ihr langsam das Licht aus den Augen, den Atem aus dem Leib. Ihr Gesicht war dunkel, und sie schlug matt und wirkungslos nach seinem Arm. Er tötete sie, und er hörte Mrs. Whitcrofts Stimme mit einem sardonischen Überton sagen: „Du mußt sie retten, damit sie sterben kann." Aber so nicht. So bestimmt nicht. Er sollte sie doch nicht umbringen.
Wieder begannen sich seine Finger zu entspannen, bis er die Stimme noch einmal hörte. „Du darfst nicht loslassen. Nichts von dem, was zu geschehen scheint, wird real sein." Und weiter: „Sie sind berühmt für Gaukeleien." Eine rasende Verwegenheit packte ihn, und er drückte seine Hand grimmig zu. Nicht um eine Kehle, sondern um ein Handgelenk.
Leere.
Er stand nicht länger auf dem Hügel noch sonst auf irgend etwas. Er schien im Raum zu schweben, allein.

Da war nichts, nur die Sterne, heller als von der Erde aus gesehen, die sich in dichten Gruppen über und unter ihm sammelten. Ein tiefes Friedensgefühl erfüllte ihn, als er den Trost und die Schönheit der Sterne in sich aufsog und die kühle Reinheit des Raums ihn umspülte. Solange er wollte, konnte er hier müßig treiben, erfüllt, bedürfnislos.

Nach einer Ewigkeit wurde er gewahr, daß etwas in seiner Hand lag, etwas, das ihn irgendwie behinderte. Er brauchte es nur fallen zu lassen, dann könnte er durch die Galaxien davonschreiten wie ein Gott. Doch es hatte keine Eile. Später, vielleicht. Denn jetzt war er zufrieden; und aus einem Grund, an den er sich nicht zu erinnern vermochte, wollte er das, was er da hielt, nicht wegwerfen, egal was es war. Er konnte warten.

Doch einer nach dem anderen begannen die Sterne zu verflackern, wie von einer großen, unsichtbaren Hand erstickt, und langsam beschlich ihn das tiefe Entsetzen des Verlassenseins und der Hoffnungslosigkeit. Bald würde es nur noch die Leere und das Dunkel geben. Und dann wußte er, daß das alles war, was es jemals gegeben hatte; alles andere war Träumerei. Er mußte nur loslassen, und auch er würde verflackern wie ein Stern, und alles wäre zu Ende.

Sehr gut, sagte er träge und von einer gewaltigen Lethargie überkommen zu sich. Ich werde warten, bis der letzte Stern verlischt, und dann werde auch ich gehen. Alles, nur nicht die ewige Einsamkeit.

Schwärze breitete sich über den Himmel und lastete unerbittlich auf seinem Gemüt, und er suchte nach dem

letzten Stern, der in dem samtenen Himmel glänzte. Wenn dieser ausgeht, versprach er sich selbst.
Doch der Stern verlosch nicht. Er wuchs, langsam und stetig, während er auf ihn zukam. Bald schon konnte er seine Form ausmachen, und neue Hoffnung keimte in ihm auf, als er den Schimmel sah und die Gestalt auf seinem Rücken, von der er wußte, es war Helen. Sie kamen unvorstellbar schnell, in gesetztem Trab durch die Dunkelheit zu ihm, und sie verströmten Sternschein.
Hinter ihm tauchte ein blutrotes Glühen auf, und er blickte sich um. Eine riesige, stumpfe Sonne war aufgegangen und erfüllte unheilvoll den halben Himmel. Ihre bloße Größe lähmte ihn. Flammen, größer als Galaxien, loderten an ihrem Rand und schrumpften. Er wurde in das Feuer hinuntergezogen, langsam und unwiderstehlich, von dem großen Gewicht, das er in der Hand hielt.
Das Pferd und seine Reiterin waren jetzt näher, und er sah das Flickern silberbeschlagener Hufe und das leuchtende Gold ihres Haares. Er brauchte nur das fürchterliche Gewicht fallenzulassen und ihr entgegenzulaufen. Seine Muskeln verzerrten sich und begannen zu reißen. Er hielt die ganze Erde in seiner linken Hand, und sie wog zu schwer für ihn. Er mußte nur warten, bis sie zu ihm kam; und es würde zu lange dauern. Der Arm wurde ihm aus dem Gelenk gekugelt, und er spürte das Knirschen, als sich seine Knochen verdrehten und splitterten. Er wußte, daß er schrie, als er auseinandergerissen wurde, daß das Blut aus seiner

klaffenden Schulter strömte. Nur eine dünne Sehne mußte noch reißen.
Und das Pferd war über ihm.
Er stolperte zitternd ins Gras.

Mr. Denison hatte den Tanz gesehen, und schließlich war er sicher gewesen. Er sah Bob aufstehen und gleichgültig zu den Tänzerinnen treten, das Mädchen beim Handgelenk packen und sie herausziehen. Mr. Denison folgte schnell und warf ihr die Jacke um. Es war alles sehr einfach gewesen.
Dann sah er Bob. Nun, vielleicht doch nicht ganz so einfach, verbesserte er sich. Selden war weiß und verschwitzt und bebte heftig. Mr. Denison suchte Die Leute, aber sie waren fort. Der Nagel fiel ihm ein, und hastig fand er ihn und auch den Hammer.
Er drang mühelos in den Baum, und er hämmerte so lange, bis auch der Kopf in der Rinde begraben war. Dann kehrte er um.
„Alles in Ordnung, Selden?"
Bob erholte sich rasch.
„Ja, ich denke schon." Er hielt das Mädchen jetzt an der Hand, verzeichnete Mr. Denison. Helen selbst war sprachlos vor Erstaunen gewesen. Jetzt sagte sie:
„Bob ... was ist los? Ich habe getanzt ... wer ist das?"
Sie bekam Angst.
Bob blickte etwas hilflos zu Mr. Denison, der so gelassen und beruhigend wie er nur konnte sagte: „Ich heiße Denison. Ich bin der Englischlehrer in Seldens – Bobs Schule." Er befürchtete einen hysterischen Anfall, von

dem er wußte, daß er ihm nicht gewachsen war, und fuhr schnell fort: „Laßt uns von diesem Hügel runtergehen. Mrs. Whitcroft wird uns erwarten. Und meine Frau." Zu seiner Erleichterung ging Helen mit ihnen, sie war zwar noch immer erschrocken, wirkte im Augenblick aber hauptsächlich benommen und verstört.
„Träume ich denn?" sagte sie laut, und Bob merkte, daß sie im Grunde mit sich selber sprach.
„Hm, nein", sagte er. „Obwohl's dir wahrscheinlich ein bißchen so vorkommt. Hör mal, warte, bis wir bei Mrs. Whitcroft sind. Die wird dir das besser erklären können."
„Aber das ist alles...", begann Helen und brach dann wieder ab, und sie gingen schweigend weiter. Auch diese Reaktion beunruhigte Mr. Denison im stillen. Er konnte ein kontrolliertes aber merkliches Zittern an dem Mädchen erkennen und wußte, daß ein recht heftiger Ausbruch kurz bevorstand. Kein Zweifel, sie würde sich danach besser fühlen, aber er hoffte trotzdem, daß es damit noch so lange dauerte, bis er sich nicht mehr würde darum kümmern müssen.

Mrs. Denison und Mrs. Whitcroft warteten am Tor. Als sie näherkamen, sagte Mrs. Whitcroft zwanglos: „Hallo, Helen. Wie geht's dir?"
Aus einem sowohl Bob wie Mr. Denison unklaren Grund veranlaßte die stille Freundlichkeit Helen zu einem anscheinend unzähmbaren Weinkrampf. Die alte Dame legte die Arme um sie, unternahm aber sonst

nichts weiter, um sie zu beruhigen. Die beiden Männer wirkten und fühlten sich in gleicher Weise fehl am Platz, verlegen und töricht.
„Gut gemacht", sagte Mrs. Whitcroft leise zu den beiden. „Ich dachte mir, daß Ihr es schaffen würdet. Gehen wir wieder hinein. Wir haben Tee gemacht."
Mrs. Denison blickte ihren Mann an. „Nun?" fragte sie, und er lächelte.
„Ja. Entschuldigung. Du hattest die ganze Zeit recht."
Sie folgten Helen, die sich jetzt allmählich zu beruhigen begann, und Mrs. Whitcroft zum Haus. „Kommst du, Selden?"
„Ja", sagte Bob abwesend. Er schaute zurück auf den Weißdorn-Hügel, wo der Baum jetzt schweigend und schwarz vor dem dunkelnden Himmel stand. Das war's dann wohl. Er lauschte, hörte aber keinen Ton. Die Musik war nun auf immer fort. Er konnte sich nicht einmal mehr entsinnen, wie sie ging, und er wußte, daß er es nie mehr würde. Eine Woge der Sehnsucht und des Bedauerns brach über ihn herein. Es hatte schon alles seine Richtigkeit so; aber trotzdem ...
Was soll's! Er drehte sich um und ging langsam den Pfad entlang.

anrich:

Christa Ludwig
Der eiserne Heinrich

gebunden, mit Schutzumschlag
ISBN 3-89106-087-4

Es geht um Heinrich VII., Sohn des Stauferkaisers Friedrich II., aber es geht auch um den heutigen Jungen Alexander, der sich, als er zufällig auf diesen wenig beachteten Sohn des berühmten und mächtigen Kaisers stößt, in ihm wiederfindet.
Er beginnt, dessen Leben aufzuschreiben, und entdeckt immer mehr Ähnlichkeiten. Er beschreibt einen König, der gegen den übermächtigen Vater kämpft und verliert, der Agnes liebt aber nicht heiraten kann, der die Musik mag, aber kein Spielmann werden darf und er erzählt lebendig das Ende einer Aera.